幽靈鎖羅盤

顧日凡——著

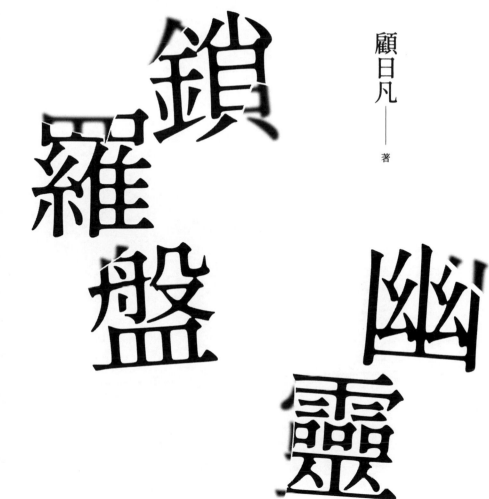

CONTENTS

楔子

鎖羅盤村，位於新界偏遠山區，七十年代廢棄，曾經有遠足人士入村探險，發覺指南針失靈，眾人在樹林裡不停繞圈子，找不到出口，唯有硬闖樹林，披荊斬棘才脫險，發覺少了一人，向警求援，在村內的祠堂找到他，情況十分詭異，他對著神位跪拜，一臉驚恐死去，隨即傳出若對鎖羅盤村幽靈不敬畏，它就會附身殺人。

第一章

公元一九七九年九月，吉澳島，天氣燠熱。

小島位於香港東北角的沙頭角海，面向中英禁區邊界，遠離繁囂城市，村裡正進行十年傳統『安龍大醮』[1]醮會慶祝活動，氣氛異常熱鬧，醮會連續上演三晚壓軸項目，通宵演出廣東大戲，打醮籌委會在海邊的空地搭建一個竹戲棚，對著小山岡上的天后宮和下面的醮棚，晚上八時開鑼，首場為必定演出的《封相》，跟著是《王老虎搶親》、《賀壽》、《天姬送子》等，挑的都是團圓喜慶、歡樂吉祥的劇目，戲棚前擺著十幾排摺椅，未開場已經坐滿村民，後來者衹能站著觀看，台上的藝人以悅耳優美的歌聲，詼諧惹笑的對白，滑稽誇張的動作，演繹荒誕錯摸[2]的劇情，引得台下爆笑，遠至水月宮的沙灘也隱約聽見鼓樂喧天，歡樂笑聲。

沙灘有幾個人正在爭執，其中一個高大的男子咬牙切齒責罵其他人，他們也對他吆喝，雙方

1 『安龍大醮』正式在1976年舉行，為遷就小說背景改做1979年。

2 陰錯陽差。

一言不合，扭打起來，歌樂聲掩蓋了廝殺聲。

第二天清晨最後一場戲落幕，戲班的工作人員忙於收拾戲服道具，打醮籌委會會長也是村長的石先生和其他會員來到戲棚寒暄，邀請他們共進早餐慰勞。主客到茶樓品茗，正暢談甚歡之際，一個村民匆匆跑進來，神色有異，走到石先生身旁耳語，石先生臉色大變，連忙向客人道歉有要事處理，吩咐其他人招待客人急速離去，各人納悶，來報的村民不像家人，終於紙包不住火，一名村婦跑進茶樓高喊：

「死了人呀，死了人呀，就在『水月宮』海邊的石排上。」

村民爭先恐後跑到水月宮海邊看熱鬧，石先生指揮若定，叫人去島上的警署報案，在二旁矮樹擺放一根竹子，攔住通往『水月宮』的小路，派二名村民看管，自己留守在石排旁邊，不許任何人接近伏屍現場。

過了一會，二個警察跑步到來，爬上石排檢驗屍體，一個看來較高級的警官招手叫石先生問話。

「村長，這個青年是否你們村裡的人？。」

「關警官，他是村裡的人，名叫曾伯康。不過三年前已經移民到英國，適逢今年十年一度的『安龍大醮』，前幾天才特地回來探親湊熱鬧。」

「他家裡有什麼人？」

「他父親也是本島的原住民，在沙頭角開醫館的跌打師傅，幾年前不幸因病過世，曾伯康完成初中三年級後移民到英國幹活養家，家裡還有媽媽和一個幾歲的幼弟。」

「他有沒有跟其他村民結怨？」

「我們這條村民風淳樸，村民打魚務農為生，沒有土地業權和商業利益的糾紛，村民和睦相處，或許他跟外面的人有過節，但是昨天下午巡遊過後，外人都離去，村裡都是自己人，況且曾伯康已移民三年，也沒聽過他跟村民結怨。」

「他愛釣魚嗎？」

「我們島上的人都愛釣魚，想他也不例外，要不然他的身旁怎會留下漁具？尤其是這個季節當『西流皮』過後，海鱸魚正肥美，夜間磯釣收獲甚豐。」

「請你叫人帶我去找曾太太來確認是否她的兒子。」

「還是讓我同你一起前往通傳較為妥當。」

「勞煩你了。」

二人走後，村民越過竹子一擁而上走到石排，另一個警員根本不能阻攔眾多村民被迫退下，屍體仰臥在石排上，雙眼睜開，死不瞑目的模樣，手腳和身體有傷痕及屍斑，最恐怖是喉嚨有一個血洞像一隻惡名昭彰的黑寡婦蜘蛛，盤踞在污血織成的鏽色蜘蛛網，身旁有漁竿、漁簍、死魚。

「看，有幾尾死魚，康仔昨晚在這裡釣魚啊。」

「咦，他犯了禁忌啊。」

「哎呀，仍未祭大幽，『安龍大醮』還沒有結束，不能開葷，絕對不能殺生，康仔犯了殺戒受到報應，遭了天譴，喃嘸阿彌陀佛。」一個村民合十說道。

「就算犯了戒，他給什麼人殺死？」

「九成被大陸偷渡客殺死，我們這個小島是去香港的中途站，他們坐著破爛的木船來到這裡，丟棄木船，偷走我們的裝有摩托的玻璃纖維船隻，穿越驚濤駭浪的東海去香港，祇要到達市區他們就能到移民局領取臨時身份證，成為香港人。」

「是啊，我家晾在外頭的衣服經常不見了，鄰家也不見了錢，一定是被偷渡客偷走了。」

「可是為什麼要殺人？」

「大陸四人幫作亂，內地又要集體殺人囉，形勢極為嚴峻，逃跑偷渡的都是亡命之徒，康仔剛巧碰上他們，阻止他們偷船，被他們抓狂殺死。」一個村民指著曾伯康喉嚨上的恐怖血洞說。

「千錯萬錯，都是康仔不應該在『安龍大醮』期間殺生。」各人交頭接耳，頷首贊同，眾口一辭。

遠處傳來女子一陣陣哭哭啼啼的呼喊聲。

法醫檢驗過屍體，警方安排將屍體移走，負責的警員在警署研究案情。

「死者曾伯康，十九歲，島上原住民，移民英國三年，前幾天才回來。死者手腳、身體、後腦有傷痕，這些都不是致命的原因，死者被人刺破喉嚨而死。」

「有沒有兇嫌？」

「沒有嫌疑人物，估計是大陸偷渡客所殺，村民報稱他一艘附有摩托的小艇不脛而走，估計曾伯康晚上釣魚碰上他們偷取漁船，跟他們初則口角，繼而動武，寡不敵眾，被插破喉嚨身亡。」

「死者的面部和頭沒有傷痕，後腦卻有一個極大的傷口，要很用力砸了才能做成，被刺破的喉嚨不是打橫的刀痕，是一個圓洞，鮮血四濺，顯然被打昏倒地後，遭人插入喉嚨後再旋了幾圈，是充滿恨意的殺人手法，可是，財物沒有被掠奪。」

「大陸上面鼓動群眾鬥群眾，人也瘋癲變得心狠手辣，胡作非為。要是找不到兇嫌，破不了案，祇能當做懸案。」

第二章

公元一九八九年九月，香港。

鄧梓仲再次踏足這塊既陌生又熟悉的土地，小時候在火車看望山上形狀古怪的建築物，一條蜿蜒而上的林蔭道路通往山頂，校內汽車穿梭不停接載滿面幸福歡樂的大哥哥、大姊姊來回往返，心想這是什麼地方，小聲問媽媽那是什麼，媽媽回答是××大學，跟著碎碎念說他要用心學習，一定要考進去念書才能出人頭地，他對這個地方充滿憧憬，現在終於達成夢想。

鄧梓仲辦妥入學手續，他以理想的成績取得××大學的獎學金，用交換生身份入讀物理系一年級，走出校務處去到學生戲稱的『百萬大道』，漫無目的到處閒晃，香港九月的天氣還是盛夏，鄧梓仲捲起衣袖取涼，不知不覺來到一處壁報板瀏覽，瞥見一張褪了色的手繪海報，暗藍色背景，一抹幽白懸在右上角，約隱約現，中央半點明黃藏於蛋形物體，二邊灰黑色伸延似有若無的雙翼，下面瘀紅色的字體像流血寫著『幽浮和神秘異域探索學會』招收新會員，左下方寫上會長賀耀輝、副會長張銳、何守聰，報名請到××樓×層×室，他用手指順著下方的文字仔細地再讀一遍，真是一個有趣的偶遇。

鄧梓仲來到學會的房間，裡面傳出嘰嘰喳喳的說話聲，進去看見一名年輕嬌小短髮女子和二十五、六歲的長臉女子說個不停，毫不理會有外人闖進，鄧梓仲傻裡傻氣聽了幾分鐘她們討論明星、髮型、時裝、說三道四的八卦新聞，忍不住打岔問：

「嗨，請問賀耀輝在嘛？」

「賀耀輝被趕出校！警方已接管了他。」短髮女子脫口而出。

「你比更我毒舌，你應該說他已經離校。」長臉女子微慍。

「那還不是一樣嗎？他已經沒能在學校上課了，陷於水深火熱的歲月中。」

「哦。」鄧梓仲諾諾回答。

「賀耀輝前年已經畢業，加入警隊工作。」

「那麼張銳呢？」

「張銳和關雄二個臭蟲，東躲西藏，正避著何守聰找他們算賬。喂，小鬼，你又是誰？怎會識得他們？」短髮女子質問他。

「我是……。」

突然一名標緻的少女闖入，站到他們中間怒氣沖沖問道：

「劉厚強和董敏匿到那裡去？」

「我又不是他們的經理人，問我幹嘛？別人又不喜歡你，你硬要插在其中做第三者，挑戰高難度。」短髮女子也氣呼呼回答。

「要你管！是我先認識劉厚強。」少女倔強地說，轉身刻意搖晃鬈曲長髮跑走。

「你們一個比一個美。」

「你說什麼？」短髮女子厲聲對他說，鄧梓仲漲紅了臉，說不出話。

「吱喳婆，不要像吃人的巫婆一樣，嚇壞了小朋友。小弟弟，剛才那個辣妹是姚美莉，不過你還未見識過我們探索學會的大美人董敏，我是張秀媚，她是李晨，你叫什麼名字，到來做什麼？」

「我叫鄧梓仲，今年入讀物理系一年級的新生，看到『百萬大道』廣場那邊的海報，說探索學會招收新會員，前來報名。」

「你看到是前年的海報，今年還未弄好，沒有換下來，無論如何，歡迎你加入『幽浮和神秘異域探索學會』。」

「好了，終於有新會員了，咦，一共是九個會員，那⋯那豈不是九男⋯⋯。」李晨吞吞吐吐。

「快點閉上你髒兮兮的嘴巴，用強力清潔劑擦乾淨你齷齪邋遢的腦袋，我和賀耀輝不是你們的會員，是學會的名譽顧問，我的身份是大學校務處職員。」

「也是幽靈會員，每每神出鬼沒，嚇人一跳。」李晨頂回去。

「我不跟你們胡扯，我去上班。」張秀媚看了一眼牆上的鐘，匆匆離去。
「對不起，我有一個問題？」
「什麼事？問題少年！」李晨故作溫柔。
「為什麼何守聰要找張銳、關雄算賬？他倆幹了什麼壞事？」
「那些壞事？你自己問何守聰囉。」李晨笑呵呵說。
「誰在我背後搬弄是非？害我經常打噴嚏。」一把溫文的嗓音在背後響起。
「說曹操，曹操到。是你自己作的孽，能怪誰？低能白痴仔。」李晨幸災樂禍笑說。
一名相貌端正的青年走進來裝作生氣：
「你怎麼一開口就罵人？你愛耍貧嘴，這是你的劣質風格？」
「不是我愛罵人，我衹是鸚鵡學舌複述關雄的口頭禪，說你是低能白痴仔，還嘲笑說他們不用十秒就闖進你設下的密室了。」
「上次他們到我的房間看歐洲杯足球比賽電視直播，搞得天翻地覆，將房間變做垃圾場，這次我回加拿大探親把宿舍的門窗都關緊，衹打開小氣窗通風，聲明他們絕對不能進去搗亂。他們偏要走進去，照樣胡搞，還將裡面所有物件用鋁紙包起，害得我花了個多小時才將鋁紙拆掉，怎能不找他們算賬？」
「他們如何破解你的密室？」

「我發覺案發現場除了他們的惡作劇和滿地狼藉外，一切如常，窗子鎖上，上面的小氣窗打開，房門完整，你說他們不用十秒就能進入我的房間，那表示他們是從房門進入。」

「他們配備萬能百合鑰匙打開你的房間？」

「我們宿舍的門鎖和鑰匙是特別打造，不可能用萬能百合鑰匙打開。」

「你怎樣找到線索破解謎題？」

「我回來時，門房陳伯沒頭沒腦對我冒出一句『放假時要關掉電視機』，令我摸不著頭腦，放假前我明明有關掉電視機。」

「那又跟關掉了電視機什麼事？」

「我回到房間，見到電視機也包著鋁紙，銀光耀眼特別醒目給我靈感，推論他們利用電視機的聲浪騙得陳伯打開我的房間。」

「你跳動得好厲害，你明明關上電視機才去加拿大，為什麼又會開著？他們如何得逞，騙得陳伯主動開門？願聞其詳？」

「我們的房間在地下，劉厚強和關雄二人住在我對面，張銳住在我隔壁，我離開後當晚，他們半夜三更從張銳房間的窗子跳到外面的草地，來到我房間窗子外面，爬上小氣窗，用另一支搖控器開著電視機，調大聲音，跟著回到張銳的房間，三人假裝睡眼惺忪走出去找門房陳伯，投訴被我房間的電視機聲浪吵醒，要求陳伯打開我的房間，熄掉電視機，陳伯不知是詐，來到我的房間外，聽到超大聲浪，確實擾人清夢，用備份鎖匙打開房門關掉電視機，他們三人順理成章一擁而入，乘亂之際有人鬆開其中一隻窗子的把手，事成後擋著陳伯的視線催促各人回房睡覺，陳伯見全部人都出來了，鎖上房門，任務完成，這樣他們就隨時隨地打開窗子進出房間，等我回來之前鎖上窗子由正門離去，我的房間又回復密室的狀態。」

「噢！這是你的版本《銀色房間的秘密》，媲美《黃色房間的秘密》。」

「咦，這個小男生是誰？」何守聰突然發現鄧梓仲。

「他是探索學會的新會員，鄧梓仲。」

「歡迎你加入，我是何守聰，今屆學會的會長，你來得正好，開學初功課不太忙，今個月探索學會組織了一個野外活動到鎖羅盤村幽靈探秘，會在村外海邊露營，希望你也能參加。」

「是啊，劉厚強極力推薦先到他的家鄉吉澳島，參觀十年一度的『安龍大醮』，到時可熱鬧啊。」李晨得意洋洋說。

「『安龍大醮』，真是踏破鐵鞋無覓處，想起也令人興奮，十分期待，一定要見識感受。」鄧梓仲贊同說，掀起一邊嘴角微笑。

第三章

鄧梓仲一大清早起牀收拾露營用品，包括營幕帳篷、膠墊草蓆、繩索、食物、衣物等，還有一個附有強力電筒的頭箍，把一個大型的背包擠得脹滿像一根紅色肥碩的香腸，弄妥後將背包拎到客廳，他媽媽在放了二個神位的神檯插上清香，低眉斂目誠心拜神許願。餐桌已經放滿他愛吃的早餐皮蛋鹹瘦肉粥、米捲蝦米腸粉、豆芽炒麵，還有剛炸好的油條放滿一桌，她媽媽問：

「你要去多天？」

「吉澳二天、鎖羅盤二天。」

「我真的不明白，你已經考進了自家的一流大學，前途一片光明，為什麼硬是要回來到這裡名聲不及它的××大學念書？好好一家人分散二地，幸好你爸爸在這裡置了物業不用交租，他對你已很不錯了。」

「我已取得××大學幾年的獎學金，我不想一輩子靠他。」鄧梓仲固執說。

「你不要這樣見外啊。」她媽媽幽幽說。

「那裡的經濟暮氣沉沉，稅率又高，我們繳交的稅款用來養懶人，是一個以社會福利為主的國家，香港是亞州四小龍之一，背靠中華大地，自由經濟，講求個人實力，發展潛力極大，我回來讀大學就是要適應這裡的生活，認識多一點本地人，為以後打好人脈關係。」鄧梓仲轉了口風。

「你是新潮人，我說不過你，祇要對你好就得了。等會你經過姑婆、叔公、舅公家裡時順便將帶回來的土儀送給他們，我已經黏上貼紙，你不要搞錯。」他媽媽接連取出禮物吩咐，絮絮叨叨囑他旅程小心。

「你千里迢迢特意回來，你探望時親自送給他們好了。」鄧梓仲斷然拒絕。

「我不想在大喜日子，掃大家的興。」

「事情過了許麼久，你還想著它。」

「你放得下嗎？」

鄧梓仲沒有回答，忍著氣狠狠地幹掉那一碟豆芽炒麵。二人無話，鄧梓仲祇是揹起大背包，拎著露營用品，把他中等身量、小骨架的身形壓得像個陰鬱、城府深沉的佝僂老人，不過，當他挺直立正後，清爽漆黑的短髮、白皙的皮膚，樸實憨厚的笑容，魔法似的挽救他變回一個健康活潑的青年，他先到旺角乘搭地下鐵到九龍塘站，再轉乘九廣鐵路火車到大學站，匯合其他大學同學，一起出發到馬料水碼頭搭乘街渡船去吉澳。

鄧走出大學站，前面正進行填海工程，看到何守聰挨著脹大的背包坐在石級看書，他是生物化學系四年級學生，其餘成員是同年級不同學系，衹有鄧梓仲剛進大學，這是8964事件後第一次野外活動到鎖羅盤村探秘。

「早晨，學長，你每次都很守時，你在看什麼書？」

何守聰揚起英挺長眉，漆亮的眼睛透過圓形黑框眼鏡看著他說：

「是『新界鄉村歷史』，書中描述新界東北部圍村的歷史，包括吉澳島和鎖羅盤村，但是沒有提及鎖羅盤村為何荒廢變做鬼村？附近的牛屎湖村也一樣。」

「你懷疑神秘鬼域的存在嗎？」

「早晨啊，你們在聊什麼？聊得這樣起勁。」李晨拉著一個美女跑過來插嘴問。

「你們早哇，李晨學姊、董敏學姊。」鄧梓仲溫和說。

「不要叫得我們這樣老成，我們才早你幾年進大學，說你是我的男朋友，別人也相信呢。」李晨神情認真，鄧梓仲傻眼張口結舌。

「已經快要到中秋囉，天氣還像盛夏。咦，小鄧，你仍然穿上長袖襯衣，你不怕熱嗎？」李晨一邊擦汗一邊取笑他。

「我怕曬太陽。」

「不是說英國的天氣總是陰鬱嗎？每遇到罕見豔陽高掛的日子，人們便去到公園脫掉上衣在草地曬太陽享受。」鄧梓仲應付不了，滿臉通紅如熟透的蘋果。

「李晨，不要捉弄他了，他那能抵擋得住你這把利嘴。他是我們這群人年紀最小，算起來是我們的小朋友。」董敏淡然解圍。

「你說他是我們的跑腿小廝，正如以前絕代佳人的寶馬俊童。」李晨仍乘勝追擊，眉開眼笑說後，一本正經地報告說：

「我們昨天到超級市場買了豬排、牛排、粟米鮮冬菇等食品，劉、關、張說會在吉澳宰殺一隻放山雞，準備明天晚上開露營啤酒燒烤大會，早餐有『出前一丁』泡麵、『梅林牌』罐頭午餐肉、麵包、雞蛋、果汁、咖啡和紅茶，還有二卷潔廚抹手紙及其他物品。」

「為什麼買潔廚抹手紙？」

「這個除了用來洗東西抹手外，它比廁紙還管用。」鄧伸了一下舌頭不敢再問，李晨不耐煩說：

「其他人還沒有來嗎？不是約好九點半嗎？劉、關、張他們呢？」董敏面露慍色向著火車站另一頭努嘴。

大家往那邊看，三個年青男子正在吞雲吐霧，裊裊輕煙不斷冒起，煙霾罩著他們，一個穿著貼身高腰牛仔褲的美貌少女在旁跟他們聊得起勁。

「姚美莉學姊明明不愛抽菸，為什麼還要跟他們混在一起？電視、報章都在宣傳二手煙的毒害比一手煙還要厲害嘛。」鄧仍不知所以問。

「小鄧，你真是純情得可愛啊。」李晨笑說，董敏蘊含怨懟瞅著那邊。

何守聰吹了一響囗哨，揚手向他們打招呼，他們掐熄香菸，拿起木炭、燒烤叉、背包等和姚美莉走過來。

一個身量高、十分俊俏酷型是劉厚強，一個尖下巴、倒三角面型是關雄，一個圓臉討喜，上唇到下巴圈了一圈青色鬚根是張銳，三人同是四年級商管系，吉澳島人，姚美莉是四年級英文系，李晨和董敏同是四年級中文系，董敏副修音樂。

「好了，大家到齊了，要出發囉。男士們，請發揮你們的紳士風度幫忙女士拎東西。」何守聰提醒他們。

劉厚強走到董敏身旁在她耳邊喁喁細語，旋即逗得董敏大發嬌嗔，輕打他的胸膛，劉伺機搶過她的背包揹上，二人挽手偎依比劃遠山調笑，張銳正想要帥替姚美莉拿起她的背包，姚不屑地翻他一個白眼毫不領情，自己揹上，怒目看著劉與董親密的背影，張銳挑眉聳肩，神情無奈，大家準備妥當後，何守聰帶領他們走向馬料水碼頭，搭乘十時正的街渡船前往吉澳。

船上關雄拿著他的即拍即有『保麗來』相機為大家拍團體合照，何守聰是今屆學會的會長站中間，鄧梓仲靠在他的左邊跟著是張銳、李晨和姚美莉，右邊是董敏和劉厚強，關雄將相機牢固地鎖在三腳架上，調校好快門時間，立即跑到劉厚強旁邊，咔的一聲拍下來，李晨嚷著要一張，於是拍下三張照片，上面列印了拍照的日期和時間，關留下一張，其餘給何和李，李晨看著照片說：

「你們快來看，關雄挨著劉厚強很有那種感覺和味道啊。」大家搶著照片來看。

「也沒什麼，祇不過是關學長挨緊劉學長的肩膀嘛。」鄧梓仲不以為然說。

「你這個純情怪，什麼也不懂，看清楚，他們推心置腹糾結在一起。」鄧梓仲被她罵得想哭。

「你不要瞎編故事，我已經有了董敏。」劉厚強尖著嗓子說，如那個還未走紅前，英偉不凡的洛克遜[3]。

董敏若有所思，姚美莉嘛嘴黑臉，關雄一臉無辜，張銳事不關己，鄧梓仲留意各人，何守聰看過後說：

「你也好不了多少，含情脈脈看著姚美莉，眉目傳情。」

「討厭，奴家沒有。」李晨啐道，學著唱戲那調兒。

「你害人終害己，還把我拖下水。」姚美莉即時發火。

「你愛無事生非，還有什麼好辯駁？」

「我不依，你們聯手欺負我，董敏，你是我的好朋友，要站在我這邊幫我。」

「我真的愛莫能助，我祇能澄清我真的跟你沒有那種感覺和味道，你跟其他女子有沒有我可

---

3 Rock Hudson，美國上世紀五十年代電影巨星，八十年代死於愛滋病。

不清楚呢。」董敏落井下石，飛快地瞟了姚美莉一眼，姚美莉反瞟她。

「誰叫你挑撥離間，搬弄唆使，無風起浪，唯恐天下不亂的是非精女王。」張銳火上加油，大家爆笑一輪，張銳接著提議：

「我們民主投票吧。」結果大家投全票封李晨做是非精女王。

「你們不可以這樣投票陷害忠良，我是蘇格拉底再世，給你們所謂的民主坑了。」李晨大叫大嚷，氣鼓鼓，大家又再哄笑，何守聰對李晨打了個眼色，李晨悄悄拉著鄧梓仲到一旁道歉，鄧梓仲感激地投了何守聰一眼。

張銳拿出一支可以調校鏡頭遠近的相機為大家拍照，他邀請女生說：

「三位美女，可否賞光給我拍照？」

「你說誰最美？」姚美莉突然挑釁。

「哎呀，你不要為難我咯，我可不是栢利斯[4]，手上可沒有金蘋果可送呢，三位漂亮的女神啊。」張銳閃避回答。

「對呀，誰最漂亮？」李晨報一箭之仇，恢復心情笑說：

「我雖有阿芙蘿黛蒂[5]閉月羞花的美貌，卻沒有刻骨銘心、盪氣迴腸的愛情跟你交換喔。」

[4] Paris，希臘神話的牧羊人。
[5] Aphrodite，希臘神話的愛神。

「真不知羞，竟然自認是最美的愛神。我寧願做有智慧的雅典娜[6]，也不要做希拉[7]，祇要看見稍微平頭整臉的女子，就嫉妒得不顧儀態，那正說明自己不及別人的表現。」董敏自高身價回應。

「我才不愛跟醜八怪老不死的歐巴桑爭寵，我欣賞美麗優雅的海倫[8]。」姚美莉揚聲高傲地搶白。

「海倫是凡人，也是玩物，真可憐，她的命運隨著天神的意旨被迫服侍不同的男人唷。」董敏沉穩輕視地反駁，姚美莉氣得咬牙切齒，怒形於色。

「都是你不好，有什麼不好比，將我們比作那些小器、不識大體的洋婆子，我們那裡及不上她們。」李晨指著張銳笑罵。

「好了，好了，姚美莉是趙飛燕，董敏是楊貴妃，二人都比得上沉魚落雁、閉月羞花的中國四大美女。」張銳神情輕浮地評價。

「哪我呢？」

「你也是四大美女……使喚的婢女。」

---

6 Athena，希臘神話的女戰神。

7 Hera，希臘神話的天后。

8 Helen，希臘神話《木馬屠城記》裡為爭奪她，引發戰爭。

「你這個奴才，我要打你三百大板，嘗一嘗老娘的厲害。」李晨佯怒說就要打張銳，二人在船上追逐。

最後張銳做和事佬，拉著二個心不甘情不願的女生拍照，將李晨夾在中間隔開形成一個英文字母「M」的構圖，輕柔的海風吹得三人秀髮飄揚，臉蛋緋紅，姚美莉嬌俏甜美、纖巧細緻，董敏風情嫵媚、身型姣好，二人各有千秋，李晨活力十足、活潑可愛。

張銳看著董敏，眼中閃閃發亮，董敏對他微微一瞥，將目光飄到別處，瞄到鄧梓仲也出神地看著她，李晨都看在眼裡。

之後各自活動，劉和董躲在一角私語，關、張、姚、李在船倉玩樸克牌，何和鄧忙著拍攝海岸風光，街渡朝著東北方向駛去，何守聰問：

「李晨說你喜歡遠足，新界有許多路徑選擇，尤其是西貢半島，大浪西三灣風景絕美，在此間工作的日本人也讚賞，稱是香港的後花園，最近去過什麼地方？」

「開學初較忙，祇到過鹿頸一帶遊玩。」

「鹿頸連接我們今次的目的地鎖羅盤村，你有沒有到過那裡？」

「沒有啦，由鹿頸到鎖羅鎖村要三個多小時的路程，那天時間不夠沒有去到。看，那是什麼地方？」鄧梓仲慌忙指著水道問。

「這裡是赤門海峽，又叫吐露港，是香港最大的內海，以前大埔海叫做『大步海』，五代十國時吐露港一帶叫『媚川池』，是盛產珍珠的地方，列為朝廷貢品，設有官員監管，後來採伐過度遭放棄，我們左岸的地層大約在三億多年前泥盆紀形成，香港最古老的沉積巖。」

「赤門海峽另一邊有很多村落，好像有很多人定居。」

「那裡土地肥沃，其中包括企嶺下海兩岸的井頭、榕樹澳、深涌及荔枝莊等地。荔枝莊是香港傳說中四大鬼域之一，其他三地是大埔滘松仔園、新娘潭和我們今次去探險的鎖羅盤猛鬼村。」

「這四個香港四大鬼域的傳說是怎樣發生？」

「最為人熟悉也最古老的要算發生在大埔新娘潭的鬼故事，地點就在我們剛才看到那條堤壩附近，堤壩把一個淺海灣攔截蓄成一個水塘，叫做『船灣淡水湖』，西北角有一條清溪從山上流下，飛越一個懸崖傾瀉注入一個水潭再流到水塘，話說英國殖民地初期，一條鄉村有位花樣年華的女子出閣，乘坐花轎途經懸崖頂時，山路崎嶇，轎夫一個不小心失足將花轎掉進下面的水潭，可憐的新娘子就淹死喪命，找不到屍體，之後村民叫該水潭做新娘潭，意外發生後不久，有村民在此游泳遇溺，獲救後言之鑿鑿說有鬼搆腳，繪聲繪影形容是鬼魅拽他到潭底，自此附近村落流傳新娘潭鬧鬼，是死去的新娘子找替身。」

「光天白日之下鬼魅也會現形，這個百多年的新娘潭找替身傳說是否也太爛太扯啊？如果用推理小說來看，疑點有三，其一為什麼沒有其他人陪同送嫁？其二為什麼轎夫沒有掉落水潭？其三為什麼沒有找到屍首？我看是新娘子和轎夫是共犯，真相是新娘子另有心上人，轎夫用詭計訛稱新娘子墮潭而死，新娘子與心上人遠走高飛。」

「你真能說歪理。你去過吉澳沒有？」

「沒有，今次我們先到劉、關、張學長推介推的吉澳島，說今年剛好是十年一度的『安龍大醮』，今天是五天醮會最後一天，有很有多壓軸精采節目，重頭戲正誕大巡遊在今天下午二時開始，我們剛好趕上，晚上還有廣東大戲、三千枚煙火滙演。」

「你記得清楚。醮是祭神的意思，為什麼吉澳叫安龍太平清醮？大醮又是什麼意思呢？我看過許多旅遊書也找不到解說。」

「吉澳島民以漁業起家，居民深信島上有龍脈橫越，每隔十年就會舉行『安龍大醮』，感謝天后娘娘神恩庇佑，以保龍脈不衰，祈求風調雨順，合境平安，生活順暢，十年一度的安龍太平清醮叫大醮，還有在十年之間隔五年會舉行一個規模較小的太平清醮，叫做壓醮，藉此聯繫旅居海外鄉親與本地村民聚首一堂，四海一家，同心協力，建設家園。」鄧梓仲娓娓道來。

「你對吉澳的歷史十分熟悉。」

「沒有啦，都是跟劉學長聊起時，他說給我聽，聽了也沒有忘記吧。」

「劉厚強話很少，不會這樣耐心細說，道盡鎖碎事情。」

「啊……，可能說起家鄉的事情，特別親切有感情，他才會滔滔不絕。8964事件後你有什麼打算？」鄧梓仲轉個話題。

「我計劃畢業後，移民到加拿大，我有家人在那裡。」

「怕什麼？解放軍的機關槍，還是共產黨出動的坦克車？」

「怕共產黨沒有人性的手段。我的祖輩經常講起他的親身經歷，當年國共內戰，一隊共產黨軍隊占領我們的鄉村，被後來追趕的國民軍包圍，架起槍枝稱再不投降就進村捕捉他們，共軍沒有回覆，到了晚上漆黑一片，共軍首先安排村裡十幾名小童，包括我祖輩拿著火把，走到村口傳話叫國民軍撤退，但國民軍沒有答應，之後又推出十幾名風燭殘年的男村民出來傳話，國民軍也沒有答應，過了好一陣子，來了十多名女村民，當中有老有少裹著棉被走出來，後面一聲令下，眾人忸忸怩怩、靦腆地排成一字形，再一聲令下丟掉棉被，全部女人突然光脫脫、赤身露體對著前面的軍隊，她們羞愧得斂首低眉，年青的不斷飲泣，小童嚇得尖叫抱作一團大哭，男人老淚縱橫，國民軍看得目瞪口呆，最後村長的老婆突然跪下，其他人也立即跪下，她嚎啕哭訴『他們說要是你們在天光前不撤退，就會先射死我們，再屠殺村民，來個同歸於盡。我們這條村大大小小有二百多人，求你們救救我們。』，跟著他們不斷叩頭。」何守聰停下來嘆氣。

「後來怎樣？」

「國民軍在天光前撤退，比起共產軍的『長春圍城』，國民軍真是太人道了。」

「『長春圍城』？」

突然張銳興奮叫道：

「你們快點過來看，我們將會經過黃竹角咀半島，那裡有一塊奇形怪狀的花岡岩，身世奇特經歷火燒水淘，歷盡滄桑萬千年活到今世，它長得像一隻碩大的右手，指節皮膚栩栩如生，雞皮疙瘩滿身刀傷疤痕，人稱『鬼爪岩』。」

街渡船輕鬆地轉了九十度角左駛，經過了一個長長的岩石岬角，慢慢看見一大堆海蝕洞，其中一個洞前面有小石灘，海邊一隻宛如巨靈神掌的岩石抵受著雪白浪花飛濺沖擊，擎天而出，千秋萬載不懷好意向岸上伺機偷襲，紅褐黑灰白的五指齊全，沐浴在午間的驕陽，閃爍生輝，粗獷美像米蓋朗基羅剛成形未加琢磨的作品，各人忙著拿起相機不停謀殺膠卷。

當眾人還對『鬼爪岩』熱烈爭論，嘖嘖稱奇之際，街渡船靈活地穿越二邊崖岸的狹窄水道『直門頭』，飄逸地滑進一片波平如鏡的水域，一泓藍綠清流被翠玉般的島嶼環抱，有幾分似瑞士不染塵俗的湖泊，海面點綴著五、六個風格獨特的亮麗小島，像一個迷你的下龍灣，眾人讚歎香港竟然有一個如此遠離凡塵的人間恬靜美境，張銳打岔演說：

「這裡是『印州塘』，英語地名叫雙重保護的世外桃源，外圍是大鵬灣，內裡圍繞這萬頃碧波是新界東北角的牛屎湖小半島、娥眉州、往灣州，還有我們的家鄉吉澳島，形狀像『之』字的鏡影少了一點，這裡有很多小島，其中號稱印州塘三寶『筆架、神筆、印章』，離吉澳島不遠的西南方有一小島叫筆架州，白沙州如神筆，與它遙遙相對有一小島酷肖印章擱在印台上，喝名

『印州』，此海亦以它命名。大家看前面那個島嶼是吉澳島，左邊那個山像把羅傘，是吉澳最高的山峰黃幌山，是看東海日出的好地方，歡迎大家到我們美麗的家鄉吉澳島。」

第四章

街渡船駛過下面「一擲」，繞過黃幌山，靠著右岸前進沿著『疴屎角』駛入吉澳灣，灣內風平浪靜，泊了幾隻插滿五色繽紛旗幟的迎賓船，街渡船泊在碼頭，碼頭的鐵欄杆也綁上彩旗，排列整齊到大街去，李晨驚訝道：

「那感覺像大明星踏著紅地毯進入會場，這些旗幟真特別，旗頂還裝飾了迷你的古代兵器。」

「你真是少見多怪，未食過豬肉也見過豬跑，台南媽祖誕巡遊的旗幟也安裝了小兵器啊。」張銳專門跟她抬槓。

「你好討厭啊，我不問你，我問關雄。關二哥，請問旌旗頂上的兵器叫什麼？」

「上面有矛、戟、鉤、苗刀、二郎槍、月牙鏟等。」

「那不是怪危險嗎？掉下來會傷人耶。」

「不必擔心會掉下來，它們鑲嵌在塑料螺絲頭上，再扭緊在螺絲帽上面，十分牢固。這些特別的裝飾不是隨便使用，祇有在重大的日子，譬如今年的安龍太平清醮，一年一度的媽祖誕，恭迎天后娘娘出巡，鳴鑼響道之用。」

「說得也是，有些旗桿是塑膠管子，比起那些竹子安全得多，多謝教授天后誕的知識。」

「是天后娘娘，所有吉澳人都會遵守這個傳統。」張銳插嘴糾正，李晨對他翻了一個大白眼，關雄客氣地對她笑了笑，何守聰召集他們拍照。

「這些安裝了小兵器的旌旗好趣怪，就用它做背景吧。」李晨搶著叫嚷。

乘客魚貫下船，都是來參觀安龍太平清醮的遊客，那些移民外國的島民已於醮會開始前一、二個星期，陸續由英國、荷蘭等地回來，劉、張在船上已經不斷向碼頭一個小胖子打手勢，下船後跟他熱情地與劉、張擁抱在一起，關雄冷眼地站在一旁抽菸。

「黃忠，你胖了很多。」劉厚強摸著他的啤酒肚說。

「在荷蘭的唐餐館工作，整天就是工作和吃喝，休息日累得要命整天窩在牀上，睡上十多小時，沒有運動，就養了這個大肚子。」

「今天晚上我們兄弟要喝個痛快，不過我要先安頓我的同學。」劉厚強介紹黃忠給他的同學認識，他禮貌地跟他們示意問好，多看了董敏、姚美莉和鄧梓仲二眼，鄧梓仲轉過身到處好奇張望。

劉厚強領著大家走進大街，不久轉左再轉右來到了一條祇有約一米多寬的小巷，走過三、四間屋到達一間二層高的樓房，門框上面貼著一方『鴻禧』的揮春，這是劉厚強家裡的物業，劉用鎖匙打開木門，前面連接樓梯上一樓，地下右方是客廳，淺粉紅色的石地板洗擦得挺乾淨，三張長短沙發圍成一個四方形的客廳，中央有大茶几，窗下擺了電視機，推趟式的窗子，鑲了堅固的窗櫺，掛上米白色碎花的窗簾，飯廳放了一套六座位淺棕色的餐桌，後面是儲物房、廚房和廁所浴室。一樓的樓梯連接走廊，左邊是廁所浴室和一個房間，右邊是面對小巷的一大一小房間，裝置了趟窗和窗櫺。

住房的安排是劉、關、張睡在地下的沙發，晚上他們跟黃忠吃喝聊天，會鬧得很晚，明早不會爬黃幌山看日出，姚美莉要了一樓的小房間，喜它牀頭面對著窗子，其他人分了餘下二間，黃忠則回到自己家睡覺，他的家在同一條巷子，離劉家不遠，建築和房間格局跟劉家完全一樣，前面對著吉澳村公所。

劉厚強放下東西說要幫忙正誕大遊行的事情，告訴何等人可到大街的『益民茶樓』祭五臟廟，晚上六時在戲棚前的空地有盤菜大會，已經給他們五人留了座位，他交給何守聰一把鎖匙及五張餐卷後跑出去。

其他人各忙各後準備出門時，鄧梓仲說拉肚子叫他們先到茶樓，他隨後過來，何吩咐他離開時小心帶上門，跟三個女生離去。

四人沿著剛才的路徑回到大街，街上塞得水洩不通，二邊十幾間商店擠滿買紀念品土產的遊人，店員忙得不亦樂乎，到處都是繽紛的旗幟，張燈結綵，洋溢著節日喜慶的氛圍，他們經過吉澳村公所，裡面全是預備巡遊的村民，還有獅頭、龍頭、麒麟、彩燈，劉等人換上工作人員的制服，幫忙搬東西到戲棚空地。

村公所門口二名男女正在說服老者：

「大叔，你叫什麼名字，我們是香港大報××報的記者，可不可以進去拍照採訪？讓我們替你們做宣傳，醮會之後有更多遊客到來，會多做生意賺多點錢嘛。」

「我姓黃，他們正在忙個不停，你們不可以入去騷擾他們，多謝你們的好意啦。」老伯嚴厲地拒絕他們。

「黃老爹，我們祇是進去拍照，不做訪問就不騷擾他們啦。」

「你們不要亂攀關係，我說不準去就不準去，要拍照等一會正誕大巡遊時你們可以盡情拍照。」

「好無情啊。」女生微嗔說。

黃伯怒目瞪著他們，二名男女祇好失望離開，何守聰聽到黃老爹嚴拒也打消進去的念頭。

何等人找到『益民茶樓』，就在村公所斜對面，走到樓上近窗子找了個位置，李晨和董敏旋即研究餐牌，姚美莉也立刻拿出小鏡粉盒補妝，何守聰閒極無聊走去大街的店鋪找忙碌的店員聊天，有一搭沒一搭地纏著店員時，忽然看見鄧梓仲在吉澳村公所門前，進退之間，還跟那個嚴肅的黃老爹拉扯說個不停，莫非又跟那二個記者同一命運，等鄧跟黃老爹說完後回到大街，何悄悄走到他後面說：

「嗨，剛才跟黃老爹聊什麼？」鄧給嚇了一跳，回頭見是何，略為定神說：

「原來他叫黃老爹。我迷了路不知方向，見那間屋人多走去問路啊。」

「我看他跟你談得很投契，還拉著你的手說長道短，態度挺熟絡嘛。」

「是嗎？我覺得他蠻固執，問一句答一句，最後幾番努力才問到『益民茶樓』在那裡，說就在前面，我見裡面著實有趣想進去看看，他氣急敗壞用力拉著我制止，在你看來是執手問好，其實是互相角力。」

「是啊，剛才有二個記者要入去採訪也被他拒絕，還被他臭罵了一頓。」

「哦，原來你也知道呢。」

二人走上一樓，看見董敏和姚美莉鼓著腮幫子背對背坐在兩邊，面容繃緊，皺眉撇唇，互不瞅睬，李晨挨坐窗邊，自顧自戴著耳機聽隨身聽，何守聰坐到對面，鄧梓仲謹慎地靠近何，緘口不言，過了一會，服務生拿了二碟炒青菜過來，跟著又將二碟炒河粉放在枱上，鄧梓仲怪叫起來：

「嘩！」

「你們三個搞什麼鬼？」何守聰忍不住大興問罪之師。

董敏和姚美莉面無表情毫不理會，各自挾起二人對面的蔬菜食用，李晨慢條斯理地收起耳機隨身聽說：

「不關我的事，在這件事情上頭我沒有發表過任何意見。董敏要吃焓蕃薯[9]葉，姚美莉要吃炒菜心沾蠔油醬，互不相讓，各自點了一碟蔬菜。」

「也不用二碟都是炒河粉[10]，一碟是醬油乾炒河粉，一碟是濕炒河粉[11]嘛，不能點一碟炒麵或米粉嗎？」鄧輕聲說。

「臭小子，等會還有八寶羅漢齋、粟米豆腐羹，少囉唆，吃什麼下肚還不是一樣嗎？都會在胃裡拌勻。」李晨詭辯。

「不是的，胃部消化是根據吃進食物的先後次序消化的，不是將所有食物拌勻才消化。」鄧梓仲不肯妥協地抗辯，姚美莉噗哧笑了出來，董敏仍然冷漠。

「又是她們的傑作？」何皺眉問。

「姚美莉固執地要吃重口味的炒河粉，董敏堅決不要油膩，所以點了二碟不同風味的炒河粉咯。」

「二位同學，我們現在是參加一個團體活動，請放下私人恩怨，不要打對臺，請大家合作讓

9 地瓜。
10 粿條。
11 淋上勾芡的炒河粉。

我們以後的行程好過一點，拜託。」何言辭懇切，合十點頭行禮，將二碟蔬菜掉轉位置，大家默不作聲吃過午餐。

飯後他們隨著人潮來到戲棚前的空地，遊行隊伍已準備妥當，由瑞獅、祥龍、喜麟領頭，接著村民抬出一座紙紮花炮祭品，花炮分三層，上面放滿吉祥如意的人偶和物品裝飾，最上層是「丁財炮」，頂上有一只竹架為骨、五彩綢紗糊成的蝙蝠俯衝而下，喻福從天降，隨後是原住民組成的陸上龍舟隊，沙頭角村的漁燈舞，大埔中學的韓國舞，四川變臉，雜技等表演團體，巡遊路線行到碼頭，轉一個圈返回戲棚前的空地繼續表演，表演完畢後就是『祭大幽』，將祭品化掉後整個祭祀完成就可以開葷，晚餐是盤菜大會，飯後還有傳統廣東大戲通宵演出。

巡遊隊伍離開後廣場迎來短暫的清靜，四周擺滿了活靈活現的人形花燈，數十個賀誕花牌。

「為什麼戲棚要建在醮棚對面。」李晨不解問。

「醮是祭神，先謝神恩，後而人神共樂的意義。」

「醮棚的建築形式是否有著宗教意義？」

「醮棚由五枝象徵五方的幡竿界定，三界藉幡竿的引導參與醮會，香港的太平清醮採用道教儀式。大陸破五舊、砸孔孟、除封建，任何宗教儀式也是封建舊社會的毒草被剷除，不復存在。」

「不是說改革開放嗎？」李晨高聲反駁，各人守口如瓶。

「推倒容易，建立困難。」何最終下結論。

「聽說這裡有一棵很靈驗的姻緣樹，在那裡啊？」李晨乘機轉個話題。

「在那邊，笨蛋。」鄧立刻配合。

鄧引導大家面向戲棚，指著右上角的大樹，眾人走去細看，那是棵細葉榕樹，李晨表情納悶問：

「為什麼這棵樹的身世這樣淒涼？被毆打倒地？主幹沒有啦，其中一條氣根卻把自己長成一個圓圈懸在半空。」

「據說它長得太高，擋住天后的視線，在一個風雨大作、雷電交加的晚上將大樹的主幹劈斷，其他部份苟延殘喘，慢慢又抽出新芽，枝葉茂盛後，一條氣根由上而下在空中捲生成圓環。」

「為什麼叫做姻緣樹？」姚美莉突然問。

「據聞以前有二名青年男女相愛，男的被海盜擄去做強盜，女子每天都在此樹下等候，這樣過了許多年，在一個狂風暴雨、長空閃電的黑夜，大榕樹被劈倒，男子奇蹟地從海上游回來，二人結成連理不再分開，村民指是他倆的真愛感動蒼天，就把這棵樹叫姻緣樹。」

「另一個傳聞從前有一個男子在樹下睡覺，被一塊穿過圓圈的樹葉驚醒，起來見到一個美麗姑娘站在一旁，相識交往結成夫妻，二人在樹下邂逅而結合，村民叫這樹做姻緣樹。此後傳出祇要擲出一片樹葉，穿過圓圈就能獲得美滿姻緣。」鄧也從容不迫說。

「怎麼你連這種鄉野傳聞也知道？」李晨詫異問。

「我也有看書備課和消化知識嘛。」

何等人踏上坡道走到山岡的天后宮，據稱始建於乾隆二十八年，內有古鐘一口刻上該年號，古廟曾於光緒六年重修，廟脊的廣東佛灣陶瓷公仔和廟內的天后塑像都是當年製作，華美精巧，地方色彩濃厚，旁邊站立得力助手千里眼，順風耳及一眾扈從，各人對天后宮正門一對鬼佬[12]門神更感興趣，紛紛詢問何守聰。

「有二說，一說是一八九九年英軍登陸吉澳破門入廟，門神像被毀，後英軍承諾修葺，原版卻沒有了，祇好半靠記憶半憑想像畫上鬼佬門神；二說是在五十年代，喱咯兵重新油漆天后宮大門時，打翻了漆油弄髒了門神的樣貌，就以鬼佬的形象畫上門神作補救，二種說法都是殊途同歸，先破壞門神像，再以外國人的面貌畫上新的門神。」

他們走進廟裡，一名六十多歲的老婦對他們注目歡迎，鄧梓仲說拉肚子跑了出去，她熱情說：

「各位貴客，我是天后廟的廟祝，村民叫我瓊姨。」

各人跟瓊姨寒暄後，李晨介紹：

12 洋人。

「我們都是劉厚強、張銳和關雄的大學同學，他們邀請我們到來參觀十年一度『安龍大醮』的盛會。」

「原來是他們的同學，謝謝捧場。剛才出去那個小男生也是你們的同學？」

「不是啊，他是剛進大學低我們幾年級的學弟。」

「哦。你們隨便參觀，我還有事要忙，失陪了。」

何守聰看著她匆匆走出廟外，向山下疑惑地張望，祇有李晨即刻拜拜，添了香油錢，眾人隨意在廟裡逛了一會，看過大雄寶殿和後殿，回到戲棚空地看表演，碰上鄧梓仲，各自活動，三個女生回去洗澡休息，鄧梓仲探索明天清晨上黃幌山看日出的路徑，何守聰打聽鎖羅盤鬼村和牛屎湖村怪事的來龍去脈，約定晚上六時在姻緣樹下集合吃盤菜。

第五章

天色向晚，海面閃爍著餘暉，茜紅色的雯霞迤邐長天，瑰麗華美，百鳥回林，空中矯捷盤旋，像來回流動的織梭，精心繡出一幅多姿多彩的立體畫，又變幻成萬千色彩的錦緞，橫空飄揚。

盤菜大會祇招待村民和嘉賓，外來遊客已離開，空地擺滿幾十張圓桌，村民交頭接耳用客家話訴說鄉情，閒話家常，他們找到指定的桌子與村民同坐，此時周圍亮著淺黃色燈泡，人聲、浪聲、蟲聲、風聲等天籟交融，薰風習習，氛圍祥和，花月良宵，寫意自在，桌子舖上塑膠布，擺好小型的石化氣爐、膠碗、竹筷、紙杯和十幾罐啤酒汽水，不一會，工作人員捧著一盤菜餚到來，點著石化氣爐，做了一個「請」的手勢後離去。

「何老師，可否介紹盤菜的來由？」李晨笑問。

「老師二字不敢當。盤菜是做給皇帝吃的，據說南宋末年陸秀夫等人護送宋帝昺南逃到新界錦田的鄉下，鄉民無以為奉，各家各戶把家裡賸餘的食物放在一木盤，獻給皇帝享用，從此盤菜聲名大噪，鄉民每逢喜慶都用木盤盛菜宴客，流傳至今，成為香港傳統的地方菜餚。」

「宋帝昺後來怎樣？」鄧梓仲好奇問。

「你好像不是香港人，初中時沒讀過中國歷史嗎？」董敏側頭注視他，鄧梓仲看她一眼，別過臉，沒有作聲。

「盤菜沒有特定的食品，原則將容易吸味的食物放在最底層，如豬皮、蘿蔔、腐皮枝竹、筍乾白菜等，中間放燜五花腩豬肉，上層豐儉由人，名貴的菜色如鮮蝦、鮑魚、花膠海蔘，經濟些是雞鴨、燒肉、門鱔魷魚等食物，讓各種肉汁混和流向下面吸味的蔬菜，可以說是愈食愈滋味。」

「我們也不用客氣了，起筷吧，祝大家身體健康，係外面[13]搵多些錢。」有村民帶頭舉杯祝酒，各人湊趣後享用。席間鄧梓仲報告明天看日出的探路結果：

「我在水月宮那邊上黃幌山，走了十五分鐘全是矮樹荊棘，沒有山徑可尋，要自己開路，白天上山還好，晚上十分危險，一個不小心很容易滾落山谷受傷。後來我退回來問村民，他們說到黃幌山頂至少要花上二個多小時，我看此路不通。」

「哪麼明天沒有東海日出可看囉？」姚美莉懶慵地喝著可樂。

「也不全是，村民說有二個選擇，一是由土地公廟旁邊那條山路上雞公嶺，是一條老少咸宜

13 在外國。

的遠足路線，不用斬樹開路，上山以後沿著山脊走，先到第一峰，經過桂橋谷，以前叫鬼叫谷，再到第二峰去黃幌山，大約要二個多小時。」

「來回也要五個小時嘛，我可沒有這樣的體力。」董敏第一個喊累。

「還有一條短的，是東澳那邊的高地頂，早一段是水泥石級，之後是容易走的明顯山徑，登山到頂時間約要四十五分鐘至一小時，高地頂不及雞公嶺和黃幌山高，但仍可看到東海日出，還有大鵬灣、吉澳海、鴨州和對面深圳一帶的風景可看。」

「好了，要不要投票？」何守聰提議。

「不用啦，我想大家都會選擇高地頂。」李晨代眾人發言。

「明天日出時間是五時四十二分，那麼出發時間是清晨四時十五分，明天最遲要三時三十分起床，四十五分鐘足夠我們盥洗和吃早餐。」

「我會跟關學長借用他的『保麗來』即拍即有相機。」

「今晚要早睡囉，真掃興，不能跟劉、關、張他們飲酒作樂。」

「明天有啤酒燒烤營火會，可以喝個飽。」董敏嘲笑她。

「是啊，還要夜探猛鬼村。」李晨興奮地叫嚷。

廣東大戲剛好開鑼，他們看了一會便打道回府，路上昏黃的街燈照明，走到大街經過村公所，衹見門戶虛掩，商舖衹是圍上木板，並未上鎖，一派日不關門，夜不閉戶的光景。

他們回到劉家，各忙各的，此時劉等四人捧著二個盤菜、石化氣爐和大量啤酒進來，鄧梓仲說走了很多路很累，洗過澡上牀即睡著，何守聰不慣睡生牀，朦朧裡聽到地下鬧哄哄，有人躡手躡腳走到下面，跟著男女聲混雜，高談闊論，卡拉ＯＫ、鬥酒、叫囂，興高采烈甚是忘形，之後他睡著了。

一輪鬧鐘響起，何守聰把它按停繼續眠著，隔壁的鬧鐘接二連三響起來，何亮著牀頭燈，撐著雙臂坐在牀上，勉力睜開雙眼，看見鄧梓仲的牀空著，上面放著一個脹滿的小背包，鄧輕聲推門走進來，身穿長袖藍色格子襯衣、運動長褲和登山鞋對他說：

「早晨，學長，我在樓下燒了開水泡咖啡，還有牛油、果醬和麵包做早餐。」

「謝謝你。」

何去完廁所，快速盥洗和收拾上山應用物品後發覺三個女生還未起牀，大力拍打她們的房門將她們弄醒，好不容易她們才起來應門，睡眼惺忪說會加快動作梳洗更衣，何下樓看見男生睡在沙發上像三條死豬，關雄是小個子睡在短沙發，餐桌狼藉不堪，滿枱骨頭牘菜，碗筷東歪西倒，鄧清理了一角放上麵包、牛油、咖啡和紙杯等物品，何吃著早餐等候她們，最後還是遲了十五分鐘才出門。

天色未亮，暗淡的街燈照著他們往碼頭方向走，三個女生滿面睡容，宿醉未醒，步履緩慢，何和鄧默默帶頭前進，走到登山石級前，鄧按一下手錶電燈是四點四十分，指著石級說：

「沿著石級走上去就會到達山頂，祇有一條路沒有分岔路，我想拍日出先上去，學長，拜托你照顧三位學姊咯。」

「小鄧，你的電筒超酷啊。」李晨讚嘆。

鄧笑了一下走上石級向左拐跑去了，過一會電筒的光線不見了，四人仍然慢走，姚美莉似乎喝了過多，踏著龜速前進，邊行邊停，何守聰責無旁貸守護著她，漸漸變了何與姚落後，董與李緩步領前談天說地，回頭譏諷與小鄧如龜兔賽跑，烏龜走過二邊祇有矮樹的漫長山徑，到達山頂的標高石柱時快要六點，太陽拉開燦爛的笑臉嘲笑他們，鄧梓仲攤開草蓆元龍高臥。

「嗨，小鄧，你看那邊風光獨好。」李晨指著吉澳海、鴨州，鄧梓仲機靈地站起來讓座：

「各位學姊，你們上山辛苦一定十分疲累，不如坐下喝杯咖啡，休息一會欣賞四周迷人的風景。」

李晨和姚美莉有氣無力坐在草蓆，挨著標高柱像虛脫一樣，董敏仍奮力跑到老遠的山頭去，李晨叫道：

「董敏，這麼累，不要吊嗓子了。」

「不練不行，這是每天不可間斷的功課。」

不一會，董敏筆直站立，深呼吸、緩慢呼氣十幾次，吸提推送做氣息延長練習，再發嗓音由ＨＥＩ音開始，跟著是一連串紮實的ＹＡ音，音色始終保持一致，漸漸進入了自動運氣的感覺，由慢到快，舉重若輕平穩地唱出連續無斷的ＨＥＩ音和ＹＡ音，最後唱出要慢要快運轉自如的程度。

何守聰用手帕在臉上印汗，到處走動周圍看望，整片山頭祇有他們，很有遺世獨立的感覺，涼風吹送舒暢，太陽升上海平線上，海面反射粼粼金光，遠眺南面的印州塘，平滑水體像一卷暗綠色的紙張，羅傘般的黃幌山與前方的屙屎角合抱一列綿長黃底綠點的崖壁，屙屎角後面是一個色彩斑斕布袋形的海灣，再過一點是鐮刀狀的吉澳灣，散落不少養魚排，沿岸眾多的建築物是吉澳村，碼頭約略把它一分為二，遠的是西澳，近的東澳，高地頂延伸出來的岬角是鐮刀柄，剛才上來的山路像一把拉滿的弓，從山腳蜿蜒向左撐到盡頭的山腰，右轉引到標高柱，旁邊是一個的山谷，雜樹蔓草叢生，愈上愈陡峭到達山頂。

「學長，喝杯咖啡，補充體力。」鄧梓仲端上飲料。

「咖啡，真好，謝謝你，你想得很周到，怪不得你的背包塞得滿滿。」何接過說，見鄧捲起衣袖，額角冒出粒粒汗珠，面頰旁邊有些緋紅色的抓痕。

「是啊，我到達山頂時即刻用『保麗來』照相機拍下日出前彩霞的照片，接著每二分鐘拍一張，還用長鏡頭補拍，你們也沒有錯過日出，祇要看照片就能欣賞美妙的景色。」他拿著照片給他們看，最早那張列印了時間０５：３５。

「好是好，但總不及親身看到那樣好。」李晨抱憾回答。

「下次再來看好了。」剛好董敏練完嗓子回來。

「都是你不好，昨晚硬拉我去跟劉、關、張喝酒，自己不能喝，喝不到二杯又吐，讓我喝下你的份兒，累我看不到日出，現在頭痛得要命喔。」李晨口若懸河，董敏狠狠瞪了她一眼也不醒覺。

「沒本事就不要喝，逞強喝下去，喝了又吐，那副蠢相醜態被男生都看在眼裡，真的很失禮。」姚美莉把握機會嘲諷。

董敏的臉一陣紅一陣青後，眼波流轉，秋水盈盈，幸福回味說：

「這樣也很好，我吐了以後，阿強對我悉心照料，呵護備至，才知道他的心祇有我一個，真的很窩心啊。」

「你走了以後，我也吐了，阿強對我也悉心照料，呵護備至，才知道他的心也有我，我也很窩心。」姚美莉漲紅了臉反擊。

「誰知道你有沒有吐？但是誰都看見我吐，誰也看見阿強悉心呵護我。」董敏好整以暇對付。

「我有吐，我有吐，我真的有吐，你們不信可以問劉關張。」姚美莉氣炸了，大聲失控地叫嚷。

「李晨，我也累了，我們不要理會那個自作多情的醜八怪，阿強愛的是我，我們下山回去休息啊。」董敏氣定神閒再追擊。

董敏又贏一局，臨行前還睥睨姚美莉，牽著李晨的手一臉滿足下山，也不管李晨瞠目結舌，不知應對，看著她倆赤裸裸在二個男生面前爭男人。

何與鄧祇能呆頭呆腦看著她們不顧體面唇槍舌劍，驚嘆女生竟然為吐與沒吐的問題也能爭風吃醋。姚美莉胸前喘伏不停，淚流不止，二人祇好等在旁邊，直到她收了淚水，心情稍為平服後，何輕聲問：

「你好一點沒有？要不要離隊回家？」

姚美莉咬一咬唇，神情堅決說：

「不要，我就不信贏不了董敏。」三人揹起背包下山。

回到劉家是九點多，推開大門看見劉、關、張拚命抽菸，弄得全屋烏煙瘴氣，姚美莉瞟了劉厚強一眼撂下狠話：

「渾球！衰人！賤人！」劉愣住了，跟著說：

「這二個花痴發什麼神經，回來都指著我來罵。」

「這叫做妻多夫賤，一腳踏幾船的風流惡果。」張呵呵大笑，關雄鐵青了臉看著姚美莉，將唇角的香菸咬得更緊。

何守聰皺著眉頭對他們說要搭乘十點的街渡船到荔枝窩，叫他們趕快預備，三人聽了仍繼續抽菸聊天談笑，劉厚強說屋子會有人清潔打掃，他們隨時可以起行。最後眾人準時上船，開船時劉厚強咕嚕：

「為什麼不見黃忠那個臭小子來送船？」

「可能昨天喝多了，起不了牀。」

「急什麼，二天後又再見面，我們此行祇是打聽打聽。」張銳突然輕聲說。

街渡船開到海中心時，有一個青年奔跑到碼頭向他們猛然搖手，劉等人看見，那不是黃忠，祇見青年用雙手圈成喇叭狀大聲對他們喊話，何守聰豎起耳留心傾聽，劉不耐煩問：

「他說什麼？」

「我聽不清楚，祇聽到幾個響音字『忠……，……破，……室。』」

「我們在上風位，他在下風位，任他怎樣大聲也傳不到船上。」關雄拉下收音機耳筒指出。

「是不是黃忠有緊要的事情找我們？」

「會有什麼要事？有的昨天也說了，二天後回來再找他吧。」張銳陰聲細氣嘀咕。

「喂，喂，各位，有個颱風正迫近香港，稍後會掛起三號風球，二十四小時的天氣預測有狂風大驟雨，慎防山泥傾瀉。」關雄宣布，各人唯唯諾諾，不把打風的消息放在心裡。

在碼頭的青年大聲吶喊：「黃忠死了，被刺破喉嚨，死在密室裡。」

第六章

眾人分開活動，董、姚獨自站在不同的船舷位置呆看飛揚的浪花，劉和關推心置腹，有說有笑在船頭抽菸聊天，其餘人在左舷船旁看『天鵝飲水』，那是墳州和前面突出石排，形狀似一隻雙翼垂在二邊的天鵝俯臥在水面喝水，李晨問張銳：

「從正面看來，真的很像耶，這個墳州有什麼典故？」

「聽說日軍占領附近的村落時，將懷疑是抗日游擊隊員的村民拉到墳州和隔籬的鬼州處決，殺死了許多人，自此村民在夜裡經常聽到淒厲的慘叫，驚慄的呼號，大家都說是枉死者化為厲鬼夜半悽哭。」張還對李晨做出嚇人的表情。

「所以就叫『墳州』囉，可是也沒有看到半個墳墓，難道島上各處都是孤魂野鬼駐場的地方？」

「那是你胡亂瞎編。上面真的有二口墓穴，先人姓曾，那個較大的島正面看像一個墳墓，村民因形喝名叫它『墳州』。」何糾正她。

「據說日軍打敗仗，臨撤退時把一批搜刮村民的財寶和軍資金條藏在某處。」張銳神情認真說。

「那麼你有沒有跑到這裡玩？發現什麼寶藏？」李晨笑問，張銳故作神秘的笑了笑。

「看你的表情，原來傳說是真的啊。」

「你也知道喔。」張逗趣說。

「我也識字嘛，還有什麼尋寶的故事？」李晨很有氣勢要求。

「據說和平後不久，各村把日軍藏寶的消息傳得沸沸揚揚，許多村民紅起心來尋寶，有幾個年青村民就到了墳州找尋。」張銳頓了下來。

「怎麼啦？不要賣關子。」李晨不高興地催促。

「一個青年死了，死在墳州一個山洞裡，那是一個密室。」

「我不信，他能進去，就能出來，怎麼會是一個密室？」

「當其他人發覺不見了他時，進入山洞去找他，發現山洞全塞滿濕泥碎石，他們清理著，仍不斷有泥石滑下來，直到看見二扇石門，一扇向外拉，門腳放了一塊大石，想是那個來尋寶的青年放的，防止石門突然關上把他困在裡面，最後人們發現那人死在泥石堆。」

「為什麼他會死在泥石堆？」鄧插話。

「你們猜。」

「我想石門後面已經裝滿了泥石，當他拉開門時，泥石掉下來將他活埋。」李晨胡亂猜測。

「如果是這種情況，他根本沒有時間放大石在門腳，還有他應該死在門外，不是門內。」張自信地否定她，李晨歪著頭思考，張看著她的傻相拚命忍著笑。

「真正答案是當他拉開石門，啟動了機關如槓桿和磨轆等裝置，任何一扇石門向外拉開，就會觸動洞穴上頭的開關，那是連接洞穴頂上碎石濕泥的一些孔洞，他拉開石門就等如打開活塞，他進門後，碎石濕泥便會經由那些孔洞慢慢流下來，之後孔洞被撐大，碎石濕泥混和在一起變成泥石流衝擊下來，他來不及逃命被活埋了。」何守聰細心解答。

「答對了。」

「那麼日軍寶藏呢？」李晨傻呼呼地問，張銳樂滋滋不答話。

「他吃飽撐了沒事幹，瞎掰編個故事騙你。他所說的密室是中國古時工匠建造帝王陵寢時，防止匪徒盜墓的一個方法，不過陵寢的裝置是沙子，還有，墳州根本沒有洞穴，也沒有日本人的金條和村民的財寶。」

「真的假的？」

張點起菸，叼在口裡，單腳站著倚在船邊的欄杆，擺了一個奇勒基寶[14]式瀟灑的姿勢，奸

14 Clark Gable，三十年代美國電影《飄》的男主角。

笑說：

「你真的好騙耶，別人把你賣掉你還幫人數錢。」

「你這個衰人。」李晨怒道。

「我不是劉厚強，為什罵我衰人？莫非你也……」張邊跑邊揶揄她。

「你這副德性像個小混混，就是愛欺負我。」李晨追打他。

鄧梓仲看見『天鵝飲水』實在神似，從背包取出長鏡頭調換短鏡頭拍攝，怎料張和李在追逐時剛巧撞到他的手肘，令他手中的長鏡頭掉進水裡，二人大驚，急忙連聲道歉說：

「對不起，我們買新的鏡頭賠給你。」

「那個鏡頭是我哥遺留給我的，很有紀念價值。」鄧欲哭無淚。

「勤有功，戲無益。」何扮夫子說，二人十分尷尬，不斷向鄧道歉賠償。

鄧梓仲悶悶不樂走到船尾看著逝去的滔滔流水，憑弔永遠失去的紀念物，何上前逗他說話：

「那個鏡頭很珍貴？是哥哥送給你？」

「上次你所提到的『長春圍城』，那是什麼一回事？」鄧突然問，何挑一挑眉隨即接話：

「那是一段慘無人道的歷史，關於國共內戰，戰爭由一九四八年五月二十三日至十月十九日發生於吉林省長春市，共軍對防守在長春城的國軍進行包圍，當時獨立媒體《大公報》稱之為『可恥的長春之戰』。」

「為什麼？」

「林彪提出『圍而不打』，迫使長春城國民軍糧盡而降，毛澤東批准了，其可恥之處在其卑鄙極不人道的策略，做法有幾點，一是堵塞所有大小通道，外圍嚴密布防，出現一百里的封鎖線，每五十米有士兵拿槍把守，二是嚴禁糧食、燃料進入長春城，三是最令人髮指是嚴禁平民百姓出城，中共軍就是要把城內的平民跟國民軍綑綁在一起，成為要脅國民軍的籌碼，圍城期間飢民吃樹皮、觀音土，最後人吃人。九月九日林彪向毛澤東報告，指飢民晝夜蜂擁而上，共軍趕回城去，飢民跪地求放行，將嬰兒小孩丟了就跑，或自縊在哨岡前，士兵見這等慘況，有的陪飢民跪地同哭說軍命難違，有的偷偷放行，之後軍令如山，士兵將飢民打罵綑綁，開槍殺人，格殺勿論，強硬聲稱不能違背毛主席的命令，共軍拒絕放行無辜平民，令中空地帶的屍體一望無際。就算始作俑者，鐵石心腸的林彪曾經請求酌量放行平民，也被冷血的毛澤東否決。」

「好悽慘啊。」

「中共深謀遠慮地策劃要將饑餓窮困的罪過，歸咎於國軍及國民黨身上，擴大他們與群眾的矛盾，孤立敵人。對外及追隨者則宣傳堅決認為其軍隊是『解放』長春，行動是『正義』積極，做成飢民死亡是次要，是一場『兵不血刃取長春』之戰。」

「那麼餓死了多了人？」

「真是慘絕人寰。據許多出版關於長春圍城的書藉估計，長春圍城之前人口約有八十萬人，最後祇賸下十七萬人，僅僅在城門外，已經有二十萬難民活活餓死，具體餓死人數從十萬到六十五萬，取其中位數約三十七萬。」

「這麼多，比南京大屠殺和日本原子彈殺人還要多。」

「共產黨事後還輕輕說了一句推卸罪責『自己圍城，沒有放糧給市民的責任。』中共為了奪取政權，手段冷血毒辣，視人民如豬狗草芥。據中共大將粟裕說，利用餓死平民迫使國民軍投降的長春模式，在若干城市採用過，祇是他並沒有說是那些城市。」

鄧梓仲倒吸一口涼氣，二人默然無語。

街渡船平穩地靠泊荔枝窩碼頭，董敏和李晨走在最前，劉厚強亦步亦趨，姚跟著，何與鄧在隊尾，劉不時用指尖搔癢董的玉背，董回頭一時給他青眼一時白眼，看得後面的姚美莉繃臉咬牙。

村民將一間荒廢的學校改做小型商店供應午餐，餐後，董敏拉著李晨說體己話，其他人去找四大奇樹。

「剛才發什麼花癲[15]？回頭一時板臉，一時歡喜。」李晨笑問。

「你還好意思說小鄧純情遲鈍。」董敏對她翻一下白眼。

「我知你倆眉來眼去，郎情妾意，但是你放著劉厚強在一旁不理，就不怕姚美莉乘虛而入

15 突然花痴。

嗎？」李晨想了一下說。

「是你的就是你的，整天對著反而容易生厭。」

「你好像很豁達，祇怕到時劉厚強一心向著姚美莉，你會受不了。」

「劉厚強很花心，在愛情角鬥場上，誰先動心誰就會輸，誰認真誰就輸了。」

「你在吊他的胃口？還是大家仍在曖昧試探階段？抑或你不喜歡他？當他是觀音兵，他不是一開始就對你著迷嗎？」

「有許多事情你不知道。我也有很多選擇嘛。」董答非所問。

「有什麼事情我不知道？」董瞪她一眼不出聲，李晨繼續說：

「姚美莉這樣主動追求劉厚強，見縫插針，隨時名正言順做了他的女朋友，到時你會少了一個選擇。」

「我就是惱她不給我面子，當著眾人面前不知廉恥找機會膩著他，發騷發情。」

「你在妒忌耶。」

「我不想輸給這個差勁沒品味的八婆，就算我不愛劉厚強，我也要把他搶到手，棄之不要，挫她的銳氣，氣瘋她。」

「很費勁鬪氣[16]的做法呢，你會用任何手段嗎？」

「不，我也有底線，我不會用我的身體做手段，女人的身體跟隨她的心走。」

「明白了，你還未動情，現時你祇想爭奪跟姚美莉鬥一番，千萬不要吃了他的虧。」董敏沒有答話，這時張銳向她們招手找到奇樹。

看過奇樹，大家休息聊天。

「你向老板打聽牛屎湖村和鎖羅盤村的鬼古[17]如何？」張銳隨口問，何指著對面的吉澳島說：

「在我們的左方沿著海邊的一片紅樹林走，是前往目的地鎖羅盤村，右邊小山是牛屎湖山，山那邊的山谷平地是牛屎湖村，一條向海延伸的岬角圍成一個略為四方形的平靜海灣叫做牛屎湖，是印州塘一部份。」

「何守聰，不要左兜右轉說那些無謂的開場白啦，快點切入正題講鬼古，人家緊張嘛。」李晨抗議。

「事件發生在牛屎湖海灣，那裡三面有陸地包圍，前面有吉澳等島嶼擋著外來的風浪，是一個天然的良港，後面是連綿大山，陸路艱難阻礙了跟大埔、上水的商貿活動，村民多是漁民，出外購物或出售漁獲和農作物，以水路到沙頭角為主，根據報章記載，一九六五年三月六日，一艘

16 見於《初刻拍案驚奇》卷三三。

17 鬼故事。

街渡船乘載村民由沙頭角回到牛屎湖灣，當日風和日麗，海面平靜，瞬間天地變色，刮起狂風，掀起巨浪翻沉街渡船，村民十二人全部墮海，其中八人掙扎游回岸上，四人溺斃。自此，村民每到晚上都聽到海上傳來呼救聲，跑出去看衹見海面一片幽黑，不見人蹤，到了三更半夜，又有人大力拍打村屋大門，村民不敢開門查看，衹好隔門相問，無人回應，卻聽到連串淒厲笑聲，嚇得村民魂不附體，無法安睡，每當入夜，足不出戶，緊閉門窗，以免碰到鬼魅。」

「結果怎樣？村民沒有請道士到來打齋驅鬼超度嗎？」

「沒有。村民堅信那天由風平浪靜到風雲突變，離奇翻沉街渡船是一個警兆，是有人觸怒了日治期間在墳州和鬼州枉死的冤魂，厲鬼作祟入村索命找替身，經過商議，村民一致決定，匆匆收拾細軟，扶老攜幼，從山路避走沙頭角，一夜之間，村民集體棄村，時年是一九六五年六月二十三日，全村棄置，荒廢至今。」

「是否輪到你瞎扯編故事騙我們？」李賀疑。

「當天怪風異浪打沉街渡船，村民罹難，有報章為證，此乃事實，非我所作，其後有人登上鬼州和墳州，並未發現骸骨。」

「香港重光至今都四十多年，什麼骨頭也都風化了。」

「鬧鬼事件，衹屬傳聞，村民是否因而避難，一夜棄村無從稽考。」

「還有鎖羅盤村的鬼古呢？」

「到鎖羅盤村才告訴你，我們該出發了，從這裡到鎖羅盤村的距離是二又四分三公里，先是平路，之後是崎嶇不平的山路，跟著要越過一個山岡才到達，需時約一個半小時。」

「有沒有不用登山的路徑？」姚流露出倦怠之色。

「有哇，當退潮時，繞著岸邊走，但要多走半個多小時，還要沾濕鞋襪褲子。」何不嫌其詳解釋。

「那還是走山路好了。」

「我們要抓緊時間，據皇家天文台預測，晚上懸掛三號風球，到時會有狂風大雨，恰巧又是漲大潮，風高浪急，他們根據現時颱風的途徑，不會懸掛更高的風球，我們要趁著沒有風雨，天色還亮時紮好營幕帳篷。」

「香港皇家天文台這個窩囊的欽天監，預測一天後的天氣也失準，說不定今晚會掛十號風球，那就可好玩囉，狂風暴雨露營夜，三更夜半鬼敲門。」李晨對著姚美莉恐嚇。

「討厭，閉起你的烏鴉嘴，我才不要。」姚喝斥罵道。

第七章

他們沿著海邊山徑前進，強風間斷地將海水飛沫撇在身上，他們走過修竹密林，踏著高低參差不齊的石徑，爬上了鎖羅盤村外的山岡上，停下休息喝水抹汗，疾風驟雨忽然掩至，嚇了大家一跳，隨後回復平靜，眺望周圍環境，左邊是一座摻雜石塊和泥土的大山，泥石向下流瀉到了山腰才長了一些矮樹雜草，接著是一級級形狀各異的荒廢梯田，山下是小山谷矮樹叢，再過些是個平台，上面有一座單層的建築物，格局像一所學校，原來黑色三角形的屋頂，經過歲月的洗禮，褪變成灰白色，殘破剝落，建築物前面有操場，旁邊有草地，再過一點中間是山谷、樹林、溪流，最遠處是一座大山的支脈橫亙，將整個區域圍成一個封閉的地方。

他們沿著山路往下走，右邊是懸崖，崖邊是岩石海岸，一路延伸到海邊的紅樹林，走到半路發現有一塊平坦的大圓石伸出懸崖，像一個天然的瞭望台，眾人站在上面向前看望，曲折凹凸的吉澳島橫臥在波浪洶湧的的吉澳海，左邊的鴨州和鴨屎排在煙雨濛濛中浮沉，山雨欲來風滿樓。

看了一會，再走下約百多米到達一條依山邊開鑿的黃泥樓梯頂，見到入村的路徑環繞著山邊向左轉入一個深山裡的狹窄山谷，樹林綠蔭茂密，看不見內裡乾坤，再往前看是另一個山岰，是一條河涌，正值退潮，溪水不斷灌進淺灘去，一道岬角由山岡伸出從左邊將淺灘圍住，村民在右邊築了一條堤磯圍住淺灘，岬角與堤磯之間起了一個水閘，潮漲時將水閘關上，潮退後便把海水困住造成一個潟湖，可以捕魚捉蝦，更妙是潟湖裡有一個圓形小島，長著幾叢碧綠淺褐的茂竹，錯落有致，周圍是空地，構成一幅粗獷山野融合水柔的自然風光，水閘日久失修，二端崩塌失去截龍的作用，衹有在漲潮時才能把淺灘注滿成小湖，跨過河溪的石屎橋有二條山路，一條右轉是前往海邊的碼頭，一條直上山岡，山岡的左邊是剛才看見的大山支脈，過了山腰隘口是通往鹿頸的山路，離鎖羅盤村要三個多小時的路程，各人欣賞海天風光。

「真有趣，這一列山嶺好像是黃綠對決，上半截是光禿禿、黃巴巴的泥土，下半是密麻麻，綠油油的矮樹。」李晨向著左邊說，率先跑下黃泥梯，在坡道盡頭旁的山邊樹叢摘了一朵野花回頭叫喚：

「喂，這裡開了許多野牡丹，深紫色的花瓣襯著嫩黃色花蕊，好美啊。」抬頭看卻不見半個身影，李晨再大聲喊話：

「你們還在嗎？」

接著才看見何守聰和董敏二人施施然走下黃泥梯，何說道：

「這條梯級比較斜，由下向上望剛好擋住了視線，看不見上面的情景。」

「原來是這樣，真嚇人，我以為走進了時空錯亂的迷離世界，祇有我一個人來到鎖羅盤猛鬼村唷。」

「今晚你要不要一個人睡？」董敏嚇唬她。

「董敏，你愈來愈似張銳啦。小鄧，你襯衣的袖子撕破了，運動褲還好。」

「幹嘛每次發生了什麼豔聞、風流韻事也扯上我？」張銳在後面叫嚷。

「想愴你個心，死仔包[18]。」李晨啐他一口。

「剛才經過樹林時被樹枝勾著，不小心用力扯破了。幸好你們穿上風衣，要不然刮傷了手臂就可麻煩了，不過要小心你們飄逸的裙褲。」

「你是關心我，還是董敏？」李晨有點生氣問，鄧梓仲臉蛋一紅，李晨即刻轉口說：

「但是這件不透氣的風衣焗著很悶熱，等一會要跳到河裡涼爽一下。」

他們陸續走下來，姚美莉裝作小心翼翼擺儀態，腳步踏空，快要跌倒時，劉厚強手急眼快扶著她的腰，姚旋即借故親熱地摟著他的頸項，挨著他的胸膛，各人聽到吃驚的聲音回頭看，董敏拉長了臉，關雄蹙緊眉頭。

眾人走到平台前，一道梯級的盡頭矗立著一個半圓形的石牌坊，完整無缺，牌坊刻著『鎖羅

18 你想得倒美，臭小子。

盤鄉村小學』，上面荒廢的鄉村小學就是在山岡看到的建築物，村校前面是三合土操場，屋旁是一片野草蔓生的空地。

「我們在這裡休息一會，然後去找尋合適的營地。」

何發號司令，他們卸下背包雜物，視察環境，村校牆上有遊人用噴漆寫了一首打油詩，哀思歲月滄桑。

『湖上屋已空，池沼久栖蓬。犬豕雞牛去，村花寂寞紅。』

學校有三個課室及一個教員室，都堆滿了枱椅雜物，眾人休息了一會後沿著海邊芒草小徑，山邊一片密林，到了山坳，看見跨河的石屎橋，來回找尋，看不見進村的路口。

眾人折返在路旁搜索，終於在茂密的草木裡找到一條岔路，他們清理了擋路的野草雜樹，發現了一條佈滿裂痕的石屎小路蜿蜒曲折通往山谷深處，走過遮天蔽日，陰森荒涼的樹林入村，村屋分成二排建在山谷二旁，任由風吹雨打，藤蔓附牆生長，許多屋頂被掉下來的枯萎樹幹壓穿，門窗碎裂，村屋都變成頹垣敗瓦，裡面全是野草枯樹，祇有屋前的磚砌的灶頭尚算完整。

劉、關、張興趣盎然走進屋裡搜索，李晨跟著張銳，忽然驚叫：

「哇，很恐怖，有很多蜘蛛臭蟲。看，那隻蜘蛛好像人臉一樣瞪著我耶，還有蚊蚋叮我呀，噴了大量的蚊怕水也沒用，哎呀，我踩了一只霉爛的女裝拖鞋呀，不會有事吧。」

「我們在探險，要怕要嫌就不要進來。」

「我還是出去好了。」

李晨跟其他人在門外等候，他們多看一會也出來，接著往裡面走，都是一片殘破不堪的景象，小路分了一條岔路引向別的地方，他們沿著主路走了幾分鐘到了廢村的盡頭，有一間破落的房子，殘缺的橫匾約略可看得出是某個宗族的祠堂，眾人進去探險，裡面有案頭，神檯上丟棄凌亂的神主牌，屋頂破了一個大洞，橫樑腐朽，搖搖欲墜，李晨對著神位拜了拜，鄧梓仲疑問：

「為什麼要拜拜？」

「入屋叫人，入廟拜神。」鄧梓仲也合十有樣學樣。

「那是祠堂。」董敏冷冷哼說。

「祠堂也是家廟。」鄧梓仲低聲回答。

「《毛語錄》教導世上沒有鬼神。」董敏輕蔑地擲下一句走了，劉厚強追出去，姚美莉嗤笑。

「低能白痴仔，迷L信。」關雄爆粗辱罵，彎腰拾石，用力扔向神案，震動頂上的敗瓦掉落幾片，嚇得各人慌忙逃出祠堂，安定後，李晨神色慎重說：

「關二哥，你對鎖羅盤村的鬼神不敬，很容易鬼上身，有報應。」

「我是關二哥，鬼物躲避，『你神婆』。」李晨臉色一變，撇嘴不爽，眾人愕視，關雄見到旁邊一條登山小路怒氣問：

「這條路去那裡？」

「這個路牌指示由此走可以回到烏蛟騰。」何守聰冷靜回答。

「要走多久？」

「到烏蛟騰是八公里，但山路難走，路況未明，估計要用四個多小時。」

「我們也看夠了，走吧。」張銳打圓場提議。

他們回到村外海邊，向前走來到一個坪崋，透過疏扶的樹木，看見左面山邊前後排列兩組沒有屋頂的破落豬欄基座，不遠處有一間屋子，眾人削去阻路的樹枝蔓草開闢一個入口，走著一條石路來到屋前，那是鎖羅盤村公所，從外牆斑駁的漆油發現是建於一九四零年，看上去仍然堅固，鏽蝕的二扇鐵門向外打開，屋頂窗牖齊全，窗子關緊，裡面空空如也，牆上長了青苔，地面龜裂，飄蕩一股臭味，石板路通往溪流的中游，村民建了一條水壩，將溪水攔成一個池塘，蓄水作灌溉飲用，水壩另一邊是蘆葦叢，刮風下雨，水量十分充沛，池塘滿溢向下流形成一道瀑布，沖進一個小水潭，站在下面可以沐浴洗澡。

眾人走回頭路，來到那條橫跨小河的石屎橋，小橋重修不久還安裝了鐵架扶欄，大家怡然欣賞那個長著幾叢瀟灑修竹的小島，研究如何能夠走上小島，小島與山邊沒有小橋連接，唯一方法是踏過二者之間的幾塊大石，那幾塊踏腳石位置很低，很容易被漲潮掩蓋，他們沿著小徑再走幾步來到一個分岔路，轉右走是圍著淺灘的山咀到截龍口，左轉向前走到了盡頭是一個小碼頭，看了一回，決定在鄉村小學旁邊的草地紮營幕。

各人忙了半個小時除草清理營地，搭起四個營幕，上面拉上了帳篷，設置一重保護網抵擋狂風勁雨，圍成四合院的形狀，靠校舍的二人營幕給董敏和李晨，對面是姚美莉的一人營幕，靠山邊的是何守聰和鄧梓仲，外面的四人營幕是給劉、關、張，中間空地也拉起帳篷用作晚上燒烤大會，鄧梓仲取來溪水燒水做下午茶，做好後大家一哄而上，喝咖啡，吃乾糧。

「咦，劉學長去了那裡？」鄧梓仲左右張望。

「姚美莉也不見了。」李晨驚叫道。

「可能一個去了洗手間，一個散步吧。他們是成年人，懂得照顧自己，不用小題大做。」張銳不以為然說，關雄不白在地抽菸。

「好歹也告訴我們一聲嘛，人家會以為他倆被色鬼擄走。」李晨埋怨。

「李晨，趁著天色還亮，我們到溪邊洗澡。」董敏聽得繃著臉，拉著她就走。

「我們也要換過泳衣和帶毛巾、洗髮精等東西。」李晨拉她回營幕。

「小心點，不要跳水。」何守聰提醒她們。

二人經由剛才開闢的小路，沿著石路來到石壩下，水勢浩然，滾滾沖下形成了一幅銀白厚重的瀑布，轟轟雷動。

「在如此勁道的瀑布下洗澡很危險啊，不如到池塘洗吧，順便游泳。」

「愛卿，正合孤意。」李晨裝摸作樣，逗得董敏展顏一笑。

二人走上左邊的石級，繞過一角竹叢到達池塘，上游的溪水被幾塊大石裁成幾條小瀑布奔瀉入池塘，池塘略呈圓形，面積約有十分一個標準泳池那麼大，池水清澈見底，池邊長了青荇，精巧別緻的橢圓形細葉在水面浮泛，淺黃的小花在風中顫抖，碧綠的金魚草雲集水中優雅地蕩漾，小魚群在金魚草裡穿插游樂，蝦苗弓著身棲在水草上盪鞦韆，享受獨處的自在，池底有許多大塊的石頭，像舖上了一片片灰黑暗綠的雲石，躲在烏雲後的斜陽偷偷把滴滴金光灑在瀲灩水波。

池水溫暖如春，最深處及腰，李晨扶著石壩游到對面浸浴，董敏坐在池邊洗澡，如此良辰美景心情並不平靜，大風緊密從山上刮下，混雜了男女調笑聲，她凝神聽著，分明從上游傳下來，她心中愀然，輕輕走上去看，小溪向左轉入山谷裡，董敏循著聲音來到大石群，再走二步，看見劉厚強和姚美莉在一塊平坦的石塊擁抱，劉背向董，他將姚吻個不停，在她耳邊呢喃，姚看見董，故意用雙手抱緊劉的後頸，手指輕撫他的髮腳，越發愛嬌高聲說：

「你這樣子說話我很愛你，你愛不愛我？」

「我當然愛你。」

「那董敏呢？」

「我祇愛你一個。」

「我不信，你發誓吧。」

「我發誓我的心祇有你，沒有董敏，祇愛你一個。」

姚挑釁地向董揚起譏諷的笑容，用食指和中指做出一個「V」形的勝利手勢，抱著劉厚強坐下再躺在石上。

董敏氣炸了跑回池塘，李晨還仰臥在水裡，閉上雙眼享受天然水力按摩，董一言不發拿了毛巾就走，李晨聽見愣了，連忙笨手笨腳游過來，呼喚董敏，又要顧著收拾洗髮精等雜物，忙了好一陣子才追她。李晨來到小路遇見張銳問：

「有沒有看見董敏？」

「她匆匆跑回去。」

「她發生了什麼事？」

「我怎知道？她發生了什麼事情？」

「不知道，咦，你衣服的前面濕了一大片？」

「下分龍雨嘛，我要去洗澡。」

「但是你什麼也沒有帶？」

這時剛巧下了一陣大驟雨跟著又停了，李晨露出不可思議的表情望向天空，張銳繞過她，慢悠悠地走去水塘。李晨氣餒地扭頭看他一眼，走出樹籬外的小路，碰見鄧梓仲問：

「有沒有看見董敏？」

「沒有喔。」

「怎麼可能？這裡祇有一條路回去營地。」

「啊，我明白了，我剛才到廢村走了一回，就是這時空交錯使我跟董學長沒有在小路相遇吧。」鄧梓仲做出突然醒悟的表情。

「想必如是。你去那裡？」

「我想去小島看看，前些時祇是遠望，我想走近看清楚那些纖細挑高的竹子。」

「好吧，你慢慢欣賞，我要去找董敏，再見。」

「再見。」

鄧梓仲走向小島，石屎小路挨著山邊曲折修成，通往左方的碼頭，鄧踩著水中大石走上小島，幾叢茂盛修竹長得秀氣，堤岸中間的截龍破口約二米寬，有膽色之輩助跑能夠一躍可過，不過今天刮勁風、捲惡浪衝上堤岸，倏地急速向後倒抽退回海裡，鄧觀賞了一會浪湧千層雪後回到營地。

第八章

未到黃昏，天地霎時風雲變色，瞬間烏雲密佈，天昏地暗，勁風獵獵，灌得營幕鼓脹像蒙古包，中間的帳篷在狂風裡上下翻動，起伏不定像海裡的急浪拍打岸邊，燒烤爐已點著，火炭借得風勢燒得旺盛，鄧梓仲與李晨將抹上人造牛油的玉米、鮮冬菇和地瓜等蔬菜包上了金屬錫紙，圍滿火爐邊烘烤，劉、關、張坐在一起抽菸，姚美莉容光煥發自得其樂地烤肉腸，董敏怔怔看著爐火，何守聰觀察各人，大家將喜愛的食物往火裡燒烤，不一會油脂滴在木炭上，烤得肉香四溢，劉、關、張喝啤酒取樂，氣氛熱鬧起來，酒過三巡，肚子半滿，李晨追問：

「何守聰，你應承過要在鎖羅盤村講鬼古。」

「我知你等著，先說歷史，鎖羅盤是新界東北角慶春約七條村之一，清代村名叫『鎖腦盤』，是曾氏後人由荔枝窩移居到這裡開枝散葉，之後人丁興旺，結集成村。話說三年零八個月的日治期間，有一年喜慶節日，好像是舉辦太平清醮，一些從外面工作的兄弟回村慶祝，發覺村中空無一人，也沒有屍首血跡，氣氛詭異，村民集體棄村有說是瘟疫，有說是日軍襲擊，村民無一幸免，但是各家各戶的傢具俱全，還放著用作慶祝的食物、用品，村中的禽畜仍活著，村民走得匆忙，是搬走、逃難、遭擄走屠殺，或其他原因就不得而知。」

「也沒有什麼特別，跟牛屎湖村的夜半鬼敲門，厲鬼入村找替身的驚嚇程度差很遠，還有沒有其他？」

「十多年前，香港興起一股遠足熱，但是就算依著地圖想要找到此村也不很容易，有一次幾個青年不知怎地亂打亂撞到來，進入村內發覺指南針失靈，指針飄浮不定，村屋家居佈置整齊，桌上擺了飯菜，卻找不到一個人，不一會聞到燃燒香燭冥鏹的氣味，像是拜拜，這時指南針的指針先是左右搖擺，跟著反時針不停地旋轉，他們嚇得魂飛魄散，趕快逃命跑出村去。」

「為什麼要逃跑？」鄧脫口問。

「你什麼也不懂，真懷疑你是否中國人。風水師說如果指南針、羅庚或風水羅盤不受控制地擺動，是有老友記示警。」關雄注視他說。

「喂，我們說別的吧，報章報導原來梅豔芳是嗑藥吸毒，怪不得她這麼瘦啊，還有張國榮是同性戀，坊間盛傳他的對象是陳百強耶。」李晨興致勃勃說。

「不是啦，張國榮的同性閨密是幹金融的。」姚也興高采烈加入。

「你看報紙祇看娛樂新聞、八卦雜誌嗎？似個三八，好歹也說些唐詩宋詞顯示你的修養，你是主修中文的。」董對著姚冷笑。

「我準備畢業後到娛樂雜誌社工作，我的目標是要當上八卦雜誌的總編輯，到時這些巨星也要來巴結我，要是局勢有什麼風吹草動忽然有變化，立刻移民走人，這是且戰且走的策略。」李晨正經八百地宣稱。

「劉、關、張，你們明年畢業，有什麼看法？」何守聰看著三人問。

「哪你怎麼樣？」劉厚強反問。

「一九八四年鐵娘子戴卓爾夫人[19]在大陸北京人民大會堂的梯級跌了一交後，香港的前途已經決定了，鄧小平否決了戴卓爾夫人的建議『以治權換主權』，香港鐵定於一九九七年七月一日交還給大陸，我的家人在大陸易手時吃了不少苦頭，在大躍進時找到機會逃難到香港，他們的慘痛經歷太多了，信不過共產黨的言行，之後十幾年證明他們的遠見，我家在香港紮下了根，但已經做好移民的準備，他們說這是退可守，進可攻的策略，加上8964事件，畢業後我會移民加拿大繼續進修碩士課程。」何凝重回答。

「事件是怎樣？」鄧梓仲脫口而出。

「他們屠城，這是震驚全世界的大事，你怎會不知道？一九八九年五月二十一日民主政制促進聯委號召香港人大遊行，竟有一百萬人示威抗議，擠滿了東區走廊天橋車道，銅鑼灣的大街小

[19] Lady Thatcher，當時英國首相。

巷，聲討『鄧李楊集團』鎮壓民運，演藝界於五月二十七日在跑馬地舉行『民主歌聲獻中華』籌款演唱會，支援北京學運，財政司曾蔭權也參與做觀眾。」李晨難以想像地看他。

「我當時為GCE考試忙得頭昏腦脹，祇知道在天安門長安大街，有一個人以卵擊石擋住一台坦克車前進。」

「一九八九年六月四日晚上北京，解放軍重重包圍天安門廣場，我們在宿舍觀看『亞州電視』現場直播，突然畫面打斷沒有訊號，但還聽到記者恐慌的聲音，他們形容天安門廣場照明通通熄滅，漆黑一片，四方八面傳來轟隆隆的機械聲，尖銳刺耳的聲音愈來愈近令人惶恐不安，茫然不知會發生什麼可怕的事情，倏地聽到連續不斷機關槍的砰砰聲音，有人尖聲叫喊解放軍開槍殺人，幾名記者無處躲藏，人急智生，爬到廁所上面躺著躲避，用電筒照看，見到人影暴走亂竄，坦克車橫衝直撞輾死人，天安門廣場整晚充斥著槍聲大炮聲，槍聲如炒豆，吆喝、淒厲慘叫和手推車回走動的咿呀聲，好不容易天濛亮，倖存者在硝煙迷霧裡，如無主孤魂在屍體縱橫的天安門廣場飄盪，天安門廣場和人民英雄紀念碑血跡斑斑，彈痕纍纍，周圍滿目瘡痍，血流成河，斷體殘肢，屍體堆疊，長安大街停泊多輛坦克車，各處路口都有解放軍荷槍實彈把守，共產黨屠殺手無寸鐵的學生和平民，當他們是敵人。」何守聰沉重地說。

「事後共產黨怎樣處理？」

「第二天國務院發言人袁木在中央電視台面無表情鄭重宣佈『天安門廣場沒有死掉一個

人。』大家都稱讚袁木很誠實。共產黨內部流傳最高領導人的說話『殺二十萬人，爭取二十年穩定。』學生平民赤手空拳，他們輸了，但占據了歷史的道德高地，共產黨坦克大炮贏了，卻成了歷史罪人，遺臭萬年。」

「事情已經解決過去啦，還提來提去幹嘛？浪費時間。」關雄突然冒火說。

「那些暴民和腐敗學生受到外國勢力支持煽動，香港反動滋事份子源源不絕運送資金力挺，他們才能持續示威搞對抗，還蓄意殺害忠誠的人民子弟解放軍，幕後黑手是美國佬，操縱暴徒肆意破壞，美國佬忌憚中國民族偉大復興，要阻止祖國實現世界人類命運共同體的夢想。」劉厚強義憤填膺指責。

「學生事敗後逃亡，盛傳香港演藝界參與『黃雀行動』，協助運送學生領袖封從德、柴玲和吾爾開希等人偷渡到美國吔。」姚美莉也插話，何守聰沉著臉，李晨忙不迭問：

「張銳，你們未來如何計劃？」

「共產黨已經改過自新，改弦換轍，為人民福祉，為國家強盛，全力發展經濟，與英國簽署國際承認的《中英聯合聲明》，鄧小平親口保證香港實行資本主義，一國二制五十年不變，香港人生活方式照舊，馬照跑，舞照跳，隨便罵共產黨，還誇口說共產黨是罵不倒。」

「走著瞧吧，《基本法》訂明香港會在二〇〇七年及二〇〇八年落實雙普選[20]的政治改革，法庭繼續奉行《普通法》無罪假定的法則，到時就知道共產黨會否信守兌現承諾，還是出爾反爾，反口食言。」

「你不識時務，審時度勢。既然最高領導人鄧小平應諾金口聖諭，那還怕甚麼？我們三個看好大陸收回香港，危機是雙面刃，有危險就有機會，畢業後我們三個會合組公司到大陸發展做生意，大賺人民幣，最後將公司上市，幫助祖國興盛。」劉厚強豪氣干雲地揚言。

「你們有資金嗎？」李晨不識相追問。

「我們自有方法。」張銳敷衍回答。

「我要求是言論自由，追求民主，普世價值。我有些學長前輩很有理想，真心認為共產主義能夠拯救中國，創建未來美好社會，進入共產黨的機構工作，其實，共產黨所指的國家是他們自己，黨國不分，國家安全意思是共產黨政權的安全，一切政治運動和政策都是為了穩定共產黨政權，殘害人民在所不計，愛國就要愛共產黨，前輩要實現他們的愛國救國夢，那是他們的選擇。國家是為人而設立的，而人不是為國家而存在[21]，也不是為政黨政權而存在。」

「何守聰，你說得太脫離現實了，那有國家會是黨國不分，黨大於國？你以為還是封建時代

---

20 一人一票選舉行政長官，普選全體立法會議席。

21 愛因斯坦的政治信條。

嗎？」李晨不服氣地反駁。

「共產主義比封建制度更加冷酷殘忍，如我們親眼所見到的六月屠城，那是歷史。封建時代還會敬天畏地懼鬼神，共產黨是無神論，共產主義要泯滅人性，毛倡導鬥天鬥地鬥人，一生實踐，誇說其樂無窮，結果是無數人橫屍街頭，他自己卻得到好死，真是天無眼。」

「我要求是生活安定滿足，不想見到像天安門那種群眾暴動。自由，對我來說是沒有戰爭就已經算是自由，我覺得民主是相對的，有很多人追求的同時，也有很多人不需要，民主不能夠當飯食，有很多人和我一樣覺得三餐吃飽、有樓有車、平靜幸福的生活就足夠，民主可有可無，我是寡國小民的心態，與世無爭。」董敏冷然漠不關心說。

「那就是被圈養的豬囉！養肥了被宰殺。我不理會局勢變化，也沒有打算，做一日和尚敲一日鐘，最緊要找個有錢俊男結婚，享福玩樂賺快錢，隨時移民。」姚美莉上下打量她譏笑，董敏怒目相向。

「我剛進大學，念完書之後才打算，到時可能是另一個世界。」鄧梓仲平靜說。

「你已經預備了安全救生衣，無後顧之憂喇。」李晨酸溜溜。

「大家都有目標方向，畢業後各奔前程，我們策馬揚鑣，角鹿中原，預祝前程似錦，乾杯。」劉厚強舉杯祝酒。

「這是最好的年代，也是最壞的年代，我們適逢黃金機會，要開創我們的年代。」張銳也興奮舉杯唱和。

「乾杯。」

「你的側臉很像一個人。」關雄突然認真地對鄧梓仲說。

「是嗎？小時候有人說我長得像外國人。」

「你長得跟我認識的人十分相像」關雄仍堅持。

「明白，無獨有偶吧。你惦記著那個人？他在那裡？好讓二個陌生人相認。」鄧不經意地回答。

「他不知去向。」關雄含混過去，劉皺著眉向他打眼色，張銳與三名女生聊得起勁，吃喝得不亦樂乎，何守聰環顧各人。

燒烤會酣暢淋漓，有人盡興，張銳提議：

「好了，吃飽了，要不要同場加映，夜探猛鬼村？」

最後張銳、關雄和李晨去鎖羅盤廢村探險，何守聰到岩岸迎風聽浪，董敏去散步，劉厚強厚顏地跟著她，鄧梓仲先到海岸感受強風享受再到小溪洗澡，姚美莉留下享受燒烤聽歌。

何走到海邊岩岸，找到一塊位於高處的平坦大石坐下，合上眼睛享受浪聲，不知多久，潮水漸漲，忽然下雨，何從岩石撤退，回到營地時剛好碰到鄧梓仲頂著塑膠袋跑回來，二人走到燒烤帳篷下避雨，爐火祇賸下一堆紅炭，何加上炭塊枯枝，看了鄧一眼問道：

「快點來烤一下火，發生什麼事？你左邊身的衣物濕透了。」

「剛才忽然下大雨，我跑回來時不小心踩著碎石，跌了一交掉進路旁的水窪弄濕了，我還是趕忙換過衣服。」鄧急忙鑽進營幕，這時張銳飛跑回營地。

「你也變成落湯雞，快點抹乾以免著涼。」

「我從池塘回來，這雨來得急，著了它的道兒，咦，為什麼你沒被雨淋濕？」

「幸好我快你一步，快到營地時才下大雨，幸免於難。」

「你受了李晨影響，亂用成語。今天跑了一整天路，十分疲倦，我先去睡了，晚安。」

「晚安，我再烤一會火驅寒，讓身體暖和後才去睡。」

何守聰凝望火舌舞姿，李晨也跑回來，右邊身濕了一大片，跟何打過招呼，烤了一下火後鑽進營幕。何看了手錶，再添上大量柴炭讓它整晚烘著，又到其他營幕看過，祇有劉厚強還沒有回來，何爬入自己的營幕滑進睡袋，聽見營外窸窸窣窣的聲音，想是他回來，一夜驟雨勁道十足，狂風呼號，吹得營幕脹鼓鼓，天氣涼爽，睡袋暖烘烘，正好安眠，何守聰聽著風、雨、草、木的天籟協奏曲睡著了。

第九章

何守聰被大雨打在帳篷的嘈雜聲吵醒，幸好紮多一個擋雨罩保護營幕，營幕變了溫暖的安樂窩，鄧梓仲像個小孩那樣貪睡，就差這三、四年，分別這樣大，按亮手錶祇是六點十五分，探頭出營幕，天色灰濛濛，傾盆大雨，不時飆起無定向風，吹得草木亂搖亂晃，沙沙作響，何縮回睡袋再眠一會，睡醒時是七點多了，雨勢稍歇，他爬出營外穿上登山鞋和風衣視察環境，天色亮了一點，層層疊疊的烏雲仍壓在前方的海面，風雨瞬息萬變，回頭看山嶺，模樣有點不同，好像黃色進占了一大半，何穿上風衣冒著雨跑出村校，走上泥梯，發覺右邊的矮樹叢無恙，祇是山泥傾瀉把前往荔枝窩的山路完全封死了，豆大的雨點借著風勢狠摑在臉蛋和身上，有人遞給他一把二摺雨傘，何擎起傘說：

「你真的帶了『叮噹』[22]的百寶袋來。」

[22] 多啦A夢。

「可惜忘記帶時光倒流機。颱風改變了方向，天文台昨晚匆匆掛上八號東北烈風訊號，暴風雨正面吹襲這些山體引起泥石流，攔封了山路。」鄧指著山巔和前面的泥石堆說。

「昨晚的泥石流阻擋了我們的回頭路，不知前往『鹿頸』的山路怎樣？」

「就算那邊走得通，狂風暴雨上路也很危險。」

「他們起牀沒有？我們去問大家的意見。」

「我出來時不見他們活動。學長，你請先回去，我想欣賞怒海狂潮的壯闊景色，有點像莫奈在法國海岸的畫作。」

「你喜歡莫奈？」

「一些些吧，他愛畫光與影的風景，不喜畫人間世情，我喜歡他所畫各式各樣的水體和有色彩的影子，還有他的『綠衣女子』，他把未來的妻子嘉美妮[23]畫成一個美女，捕捉了她瞬間欲去還留的情思。」

「你倒是隨遇而安，你慢慢看，我先走。」

鄧梓仲回到營地時大家紅著臉喋喋不休爭論。

「你們什麼時候發覺劉厚強不見了？」

---

23 Camille。

「我們起牀後到處找他也找不到，才發覺他失蹤了。」

「劉厚強跑到那裡去？」

「不知道，我祇知道昨晚劉厚強沒有回到我們的營幕睡覺，我估計他是到了姚美莉的營幕去，今早到姚那裡看也不見他。」張銳自以為是說。

「你的嘴裡放乾淨點，什麼劉厚強走進我的營裡過夜，我才不會這樣隨便，跟男人睡在一起。」姚怒目相向。

「你不隨便，還有誰隨便，你做過什麼你心知肚明。」董冷笑道。

「我做過什麼？」

「你昨天下午和劉厚強在山谷裡摟摟抱抱鬼混，還……。」

「你不要誣衊我，任意扣我帽子，安我一個罪名毀我的名譽，除了你之外，還有誰看見我跟劉厚強在一起？」姚咄咄逼人。

「你……。」董一時語塞，說不出話來。

「你拿不出證據耶。但是昨晚大家都看著你跟劉厚強二個單獨走在一起，你們二個幹過什麼醜事我都可以想像得到。」

「賤人，勾引我的男朋友。」

「你省省吧，他又不是你老公，你以為劉厚強貪戀你滿身肥膏嗰，你這條肥母豬他才不愛，他是真心愛我，他會愛你？真的是你這隻母豬會上樹。」

「你這個排骨精，出口傷人，不知廉恥的騷貨，做得出又沒膽量承認。」

「我是騷貨？你就是娼婦，你這個騷娼婦、賤娼婦。」董敏氣得說不出話，其他人瞠目結舌，看著二人粗言謾罵人身攻擊，驚訝不已。

「不要再吵了，我們分頭去找劉厚強。」何守聰大聲喝道，下了指示，他們分成二組搜索，張、關、姚到村裡去，何、董、李、鄧去小溪那邊。

何等人來到石屎橋頭，昨晚的暴雨令小溪變成大河，洪水及洶湧的浪潮將泥灘變作湖沼，李晨眼尖看到小島七零八落的竹子下好像躺著一個人形物體，眾人走到那裡，發覺石塊被湍流沖得四散，不能踏著走過，山邊小路到淺泥灘的底部約一米高，到小島約四米闊，何、李、董周圍尋找大石，鄧梓仲跑去村裡召回張銳等人，待他們來到時，合眾人之力推了許多大石推落瀉湖，男生走下去涉水把石頭挪移到恰當的位置，幾經辛苦勉強搭成一條彎彎曲曲的石橋，何與張首先踏著石塊走過瀉湖，大步跨上小島，關跟隨著，然後是女生，鄧殿後，忽然何大叫道：

「女生不要上來！」大家站在石頭上嘀咕，過了一會何又說：

「可以上來了。」何替張銳打傘，張扶持女生登上小島，李晨詫異問：

「雨下得這樣大，你們的風衣呢？」

「等一會你們便知道。」張輕聲哀語。

眾人更是納悶，上到小島看見關雄背著抽菸，將視線轉到東歪西倒的竹叢下，赫然看見劉厚強仰臥躺在地下，腦袋挨著竹子，腳對海，俊臉依然，臉色死白，額頭有一個血洞，鼻子受傷，上身仍穿著昨天的襯衣，下半身卻蓋著何與張的風衣。

「他怎麼啦？」

「他死了。」

「什麼？真的假的？」董不以置信地說，走近劉的身旁蹲下，將手放在他的鼻孔探他的氣息。

「怎麼會死了？昨晚我走的時候他仍是生龍活虎地抽菸，他是怎樣死的？」董敏冷漠說。

「我看過屍體，他除了額頭有瘀塊，鼻子受傷外，沒有其他外傷，不知體內的器官如何？」

「就是你這隻白虎精害死他。」姚美莉刻薄說，鄧錯愕地看了姚一眼。

「不要胡說。」何叱責她。

「你們看到劉厚強光著兩條腿，周遭也不見他的牛仔褲，何與張又用風衣披著他的下半身，可以推論他是裸著下身，為什麼他會沒穿褲子？昨晚他與董敏在這裡做愛才會脫掉褲子。」

「你含血噴人。」

「你給他吃了過量春藥，令他做愛後倒地不醒，像潘金蓮那樣害死西門慶，你這個淫婦。」姚指著董敏罵道，鄧瞪眼看她。

「我沒有。但是昨天下午我親眼看到你和劉厚強走到小溪的上游，光天白日打野戰，我董敏如有說謊，天打雷劈。」董敏立下重誓，大家聽到如此震盪的告白也啞口無言。

「是你見到我走了以後，偷偷走上小島跟劉厚強幽會，給他吃過量春藥後做愛，你害死了他，把罪名推在我的身上，你這個毒淫婦，你才是殺死劉厚強的兇手。」董敏繼續反擊。

「你才是淫婦。」

「為什麼你會想到劉厚強吃了春藥死去？是你昨天做了這樣的事情，才會自然而然口吐真言，是你殺死劉厚強，淫娃蕩婦。」

「我不是，你才是殺死劉厚強的兇手。」

「你們都不是，難道是李晨？」張銳突然將矛頭指向她。

男生看著李晨，她神情複雜瞟了張銳一眼，嗤之以鼻說：

「我才不喜歡他。」

大家又用懷疑的目光由董敏移到姚美莉，來回轉動，像是認定其中一人是兇手。

第十章

風雨大作，浪濤澎湃，氣氛膠著似煮熔的瀝青。

「不要再用污言互相攻訐，傷人一千，自損八百。也不要胡亂猜測死因，尚未驗屍，劉厚強如何死去未能確定。」何打破緘默說。

「你們不要這樣看著我，劉厚強並不是祇得我一個女朋友，他還喜歡其他人。」董敏氣定神閒說。

「這個我們都知道，那是姚美莉嘛。」

「你懂些什麼！」董敏輕藐說。

「你還有什麼秘密要爆？」李晨好奇問。

「劉厚強也喜歡男人，他是雙性戀。」這真是引爆一顆震撼彈。

「正如你所說不要含血噴人，污衊死者。」何正色說。

「為什麼我會知道？劉厚強給了我他的宿舍鎖匙，他說如果他的室友不在時，就到他那裡聊天談心，不過要預先通知他。」

「我一早就知道你是個淫娃蕩婦。」姚譏諷她，董敏咬一下嘴唇說：

「有一天晚上我沒有告訴劉厚強偷偷跑到他的宿舍，用鎖匙打開他的房間，發覺劉厚強不在便想走了，可是聽見浴室裡有灑水聲，我想他在淋浴坐著等他，給他一個驚喜，不一會，我聽到另外有人聲，那可不是劉厚強洗澡練歌喉的聲音，是打情罵俏的聲音。」

「他跟另外一個女生一起洗澡吧。」李晨想當然說。

「當時我也這樣想，心中有氣，於是豎起耳朵貼在門上聽個仔細，一聽之下大吃一驚，竟然是二把男聲溫柔對話，大家可以想像二個大男人一起沐浴，肉帛相見，互相摩肩擦背，談情說愛，那不是同性戀？還是什麼？」

「跟著你怎樣做？」李晨追問，董敏責怪地看了她一眼說：

「我才不會當面拆穿他，一個女人爭不過另一個的女人，祇會認為那個男人不識得寶，但是一個女人竟然爭不過一個男人，什麼女人的尊嚴也沒有了。我躡手躡腳走了，從來沒有拿這件事質問劉厚強。」

「怪不得那天你在荔枝窩說那一番話，你對劉厚強是愛恨交加，恐怕連你自己也不知道自己的心。」李晨對董敏耳語。

「口講無憑，我們並不能聽信你一面之辭。」何提醒她。

「你不信，去問關雄，問張銳。」董敏氣道。

「問關學長可以理解，關學長是劉學長的室友。咦，難道那天跟劉學長一起淋浴是關學長？但是為什麼要問張學長？莫非他們哥兒三個也是同路人？」鄧懵懂地說，大家被他的剖析震懾。

張銳苦笑。關雄鐵青了臉，撂下菸蒂，狠狠瞪了眾人一眼，飛快走了。

「那天早上在吉澳島我們從高地頂回來，你數落劉厚強說『這是一腳踏幾船的風流惡果』，那『幾船』是否包括關雄？你一早就知道他們二人的關係？」何守聰義正嚴詞質問張銳。

在一呼一吸之間的沉默，眾人緊盯著張銳，他低聲回答：

「是。」

「呀。」

眾人解開一個謎團，旋即又冒出另一個謎團，跟著你看我，我看你，如今所有人都有謀殺劉厚強的嫌疑。

「不要懷疑我，他們二個我也不喜歡，更不會想到要謀殺劉厚強。原來我的第六感是那樣敏銳，第一天在船上拍團體照時，我說過他們二人親暱的態度有那種味道，現在可印證了。」李晨沾沾自喜。

「你不要再火上加油啦，現在是死了人，死的是我們的朋友。」

「真是行衰運，倒了八輩子的楣，給我遇上這樣不男不女，又男又女的人妖，想到在山上曾經跟他摟摟抱抱，心裡立刻發毛起雞皮疙瘩，幸好沒有……。回家要用柚子葉燒水洗澡沖走霉氣辟邪。」姚自揭瘡疤喃喃抱怨。

「自作自受，活該。」

「何學長，接下來我們怎辦？要不要先將劉學長搬回去？」

「唔，我們不能讓他曝屍荒野，但也要在小島上搜證，看看有什麼證物和兇手留下的線索等，還有我們需要拍照。」

「我回去取照相機。」鄧自告奮勇，即刻開步走。

「還有到劉厚強的背包找一條褲來。」張銳高叫。

「小鄧，順便拎幾個塑料保鮮袋過來，謝謝。」

「知道了。」鄧扭頭回答，跑到石橋上聽到李晨興奮叫道：

「你們看，海面飄浮著劉厚強的牛仔褲，快點把它撈上來。」鄧凜了一凜，回頭看了一眼，快步跳過石塊。

海面波濤洶湧，漂浮樹枝、竹葉和木板，何守聰和張銳各執一根像掃把棍那樣粗的竹子，左右夾攻，何在右邊水面拍打，試圖改變水流方向控制牛仔褲流到張銳那一邊，卻不大成功，李晨連忙拿起另一根竹子幫忙，怎料令牛仔褲飄向閘口的方向，借著風勢隨水飄流出外面澎湃的大海。

「都是你不好，狗拿耗子。」姚斥罵她。

「你這個潑婦，不要隨便侮辱人，罵人家是狗狗。」

「你就是狗狗，愈幫愈忙。」李晨滿臉寒霜，怒不可遏說：

「那你為什麼不動手幫忙？」

「關我什麼事？」

「不要再吵了，李晨不過想幫忙，祇不過人難勝天。」張鋭大聲喝道。

「最快的方法是跨過這條水道到對面，就可以拾回牛仔褲了。」李晨望海興嘆。

「怎麼可能，從這裡到對面的水閘口這麼寬，游水過去隨時被淤泥卡腳，再被洶湧的海浪沒頂淹死。」姚仍忿忿不平，何雙手抱胸問董和姚：

「還不是牛仔褲一條，好像沒有什麼破損吧。」李晨草率回話。

「真可惜撈不到牛仔褲，大家還是看見它的樣子，你們覺得有什麼不同？」

「好像少了一樣東西？」

二人想了一會，異口同聲的說：

「皮帶不見了。」

「有人回家更換日常休閒服時必定把皮帶扯下來，不知劉厚強有沒有這樣的習慣。」何繼續問二人，董敏瞪了他一眼說：

「沒有。」

「我不知道他有沒有扯皮條的習慣，男女都接。」姚態度輕薄。

「請你不要再侮辱我的兄弟。」張銳握著拳頭怒斥她。

「皮帶被人刻意扯下來？為什麼要這樣做？還是那條皮帶隱藏了什麼秘密？」這時鄧跑回來，把照相機等物件交給何後說：

「我回到營地時發覺關學長不見了，他的背包也不在，不知跑到那裡去？」

「了解。我們先處理劉厚強的遺體，再去找關雄。」

何守聰安排女生回到對面山邊等候，他拍下劉厚強的照片、伏屍的地方及小島周圍的環境，張與鄧撿起地上的證物放入保鮮袋，包括一支關掉仍有電力的電筒、二個菸蒂和一包淋濕了裝有未抽的香菸，鄧問張：

「我找了一個大塑膠袋用來放劉學長的牛仔褲，它在那裡？」

「我們撈不到它，但是發覺上面的皮帶不見了。」

「啊，原來如此。」鄧的口氣既失望又擔憂。

何守聰拍過照片後和張銳替劉厚強善後，何與鄧抬起劉的遺體，張走下石塊接替何的位置，何走下石塊又接過鄧的位置，鄧替何打傘，李晨機靈地走來替張打傘，風雨全方位無情地狂打他們，摻雜哀思與憤怒。

第十一章

他們將劉厚強的遺體放進他的睡袋，停放在村校的課室裡，跟著分成二組，張、李、姚到村裡搜索，何、董、鄧到其他地方。

何等人先到通往荔枝窩的山路探索，泥石流把去路封死，祇要碰一下泥石，泥石流隨即像洪水傾瀉而下，極度危險，關雄絕根本沒有機會翻過這片泥石流到另一邊去。

他們折回到河邊，走過小路，村公所裡有一股異臭味飄浮，他們來到小溪，池塘滿溢，小瀑布變身成大瀑布，把上山的小路淹沒，關雄也不可能通過洪水往山上走。

接下來祇賸下前往鹿頸的山路，他們沿著山路走了幾分鐘，來到山岡下發覺這裡也發生了山崩，左邊的山體斷裂了一截，好像剛剛塌下，何守聰心念一動，急忙跑上隘口，過了一會他叫道：

「小鄧快點上來。」再叫道：

「董敏不要上來，留在下面。」

鄧跑到上山發覺關雄下半截身體埋在泥石裡，頭上流血，何正在用木枝、石頭墊在泥石堆下面。

「小鄧，快點找些樹枝、石頭回來頂著上面，愈多愈好。」

鄧趕忙去收集，二人放了不少石頭樹木在泥石下面，但雨水不斷沖擦泥石，形成一條條細流悠然地將泥石堆解體，何冷靜說：

「我們先脫下他的背包，然後將他續寸拉出，跟著你抱起他上半身，我抱起下半身跑下山。」

二人小心脫去關的背包，跟著一寸寸輕輕將關的身體移出，把背包塞回裡面，又將一些石頭放進空隙頂著上面的泥石，到祇贉下他的小腿時，何抱起他的大腿，鄧抱起他的上半身，何守聰發號：

「一、二、三，跑。」

『三』叫出後，二人同時將關拉出，抱著他連跑帶跳奔下山，一邊跑一邊叫董快逃，泥石流慢慢滑下追著他們，幸好二旁的樹木擋著泥石流的去勢，他們及時跑到山下安全的地方，何與鄧放下關，也不管大雨滂沱坐在地上不停喘氣，董敏在旁邊給關打傘，休息過後發覺泥石將樹木壓倒，泥石懸空，岌岌可危，通往鹿頸的山路也給泥石流封死了。

「我們先抬關雄回去，到村口時你進去找他們回來。」何對董說。

「關雄受傷昏迷，又下著大雨，我給他打傘，免得他淋雨著涼肺炎。」董面露嫌隙回話。

「這樣也好。」何看她一眼說。

二人抬起關雄，三人在淒風苦雨下走向營地，他們抵達不久，張等人也回來了，張銳看見關雄的狀況大吃一驚，連忙與何將關抬入營幕替他換衣服，張周圍找尋問：

「你們在那裡找到關雄？他的背包呢？」

「我們在通往鹿頸的山路找到他，他遇上泥石流，我們為了救他，把他背包墊住泥石裡棄置了。」

「那可慘了，他要吃的藥全在背包。」

「我們先將劉厚強的衣服給他換上吧，他滿身傷痕，額頭發熱定是著涼，等會給他吃二粒阿司匹靈，再看情況吧。」

「祇好這樣了。」

他們弄好之後走出營幕，不見董敏和姚美莉，李晨和鄧梓仲已換上乾淨的衣物，正在煮泡麵和煎罐頭午餐肉，空氣飄浮著脂肪香味，何頓覺肌腸轆轆，看一下手錶已經是一點多了，從今早去找劉至今各人沒吃過半點東西。

暴雨依然，不時刮起狂風，何找了藥物給張，李與鄧分配麵食，董面帶愁容呆立，望著遠方烏雲連天，浪濤翻滾的海面，姚意態閒逸坐著吃午餐，聽隨身聽。各人狼吞虎嚥吃過午餐後，張銳扭開收音機接聽颱風消息，天文台的預測：

「香港仍然懸掛八號東北烈風訊號，表示本港平均風速為七十公里，最高陣風紀錄為九十公里，颱風『露西』的中心最高風力為一百二十公里，『露西』現時集結在香港東面約八十公里，預測向西北方向移動，時速十五公里，若移動途徑不變，大約會於十個小時後在南澳以南地區登陸，香港在未來二十四小時仍會吹烈風，間中有一、二陣烈風，頻密的狂風大驟雨。」

「看來我們今天也要困在這裡，前往荔枝窩與鹿頸的山路給封死，除非我們利用村後那條山路到烏蛟騰。」

「那一條路也十分危險，路況未明，祇怕會重蹈關雄的覆轍。」

「那麼我們被迫要在這待上三數天，等別人發覺我們失蹤了，才搜索我們？」李晨擔憂地說。

「也不是，還有一條路可到荔枝窩，祇不過要等待時機。」鄧提議。

「是那一條？不是翻過通往荔枝窩那一列山嶺吧？那裡的泥石流面積很大，豈不是更加危險嗎？」李晨心急追問。

「你是指由這裡沿著海岸線走那條路到荔枝窩？」

「是的，就是那一條路，祇要繞過這個山體就回到前往荔枝窩的山路，我估計到荔枝窩要二個多小時。」鄧指著村校背後的山嶺。

「會不會很危險？現時正刮風下雨，關雄發燒走不動。」

「當颱風減弱，潮水退去就是適當的時機。我們不需要全體一起涉水走到荔枝窩，祇要派一或二個人去到荔枝窩，就可以打電話報警求救。」鄧連忙分析。

「天文台預測『露西』十小時後登陸南澳，大約今晚午夜風勢開始減弱，最快也要明天早上才能起程。」

「要快就快點。祇要我想起劉厚強在隔壁攤屍，心裡發毛。」姚嫌棄地說。

董敏冷冷看了姚一眼，旋即繼續沉思。鄧皺了一下鼻子說：

「我看過潮汐漲退表，明天上午九時零五分開始退潮，潮水退盡的時間是下午二時十六分，最佳時間出發是上午十一時多。」

「哪麼今天我們還要在這裡逗留一天，我們賸下的食物有多少？」

「本來我們今天吃完早餐出發，到荔枝窩吃午飯，剛才午餐我們吃了早餐那一份，現在祇餘下一條麵包、花生醬、牛油、茶包、咖啡、糖和幾包泡麵。等一下，昨晚還賸下放養雞和燒烤食物冰在保冷箱裡，不知有沒有發臭？」李晨如數家珍，立即打開保凍箱檢視，吁了一口氣說：

「幸好凝凍劑液化了還發揮作用，雞和燒烤食物還冰著，沒有壞掉。」

「我帶了餅乾和巧克力。」董敏接話。

「好的。我想這足夠我們捱過這二天。現在我們回到昨晚燒烤後各人的行動。」

「怎麼啦？你真的懷疑我們其中一人殺死劉厚強？可能是有外來者殺死他也說不定。」李晨高聲反對。

「現在狂風暴雨，走路到鹿頸要三個小時，離荔枝窩也要一個半小時的路程，哪有人要走這樣遠的路程殺死一個不相干的人？」

「或者偷渡者知道劉厚強身懷巨款，見獵起心殺了他。」李晨強辯瞎扯。

「不要胡鬧了。何守聰，你先說，你昨晚離開營地的活動。」張銳無視她問。

「昨晚我們大約七時三十分燒烤完畢，我走到岸邊的岩石坐下聽浪濤聲，沒有下雨，祇有強風亂舞，約二小時後下起大雨，我收拾雜物跑回來，在村校石級前遇見小鄧，一起走到營地，那時是九時四十八分。」

「全程祇得你一個人？」

「是，直至遇到小鄧為止。」

「那是說你沒有不在現場的證據？」

「是。」

「哪你自己又怎樣？」何昬槍舌劍反問。

「我、關雄和李晨到村裡探險，鬧了一會，各散東西，我往鹿頸方向上山走了一會，回頭走到石屎橋，看見小島有一點火星，想是有人在那裡吸菸，跟著到池塘洗澡，出來回頭看見小島那邊仍有火星，剛巧下雨，立即跑回營地，在營地遇上你。」

「你們什麼時候分開？你第一次看見火星時是幾點？」

「我們大約八時三十分在進村路口分開，四十分走到山邊，在石屎橋看到火星時，估計是九時過一點，第二次看到火星沒有看錶，不知道時間。」

「你也是一個人，沒有不在場的證據。關雄怎樣？」

「他說留在村裡再走一會。」

「他可真大膽，我沒有這樣的勇氣跟他留在村裡，我回到營地時改變了主意，走上回荔枝窩山岡那一塊大圓石平台聽浪，看見對面遠處有光亂閃，我想是他們拿著電筒跑回來，那時開始下雨，我撐著雨傘多留一下才走，途中沒有遇上任何人，返抵營地看見何守聰，大約九時四十八分。」李侃侃而談。

「你看見有光亂閃時是幾點鐘？」

「我看過錶，是九點三十五分，不一會就不見了。」

「海邊長了芒草，光源應該來自小島，上面還有人。關雄什麼時間回來？」

「不知道。他一定早我們回到營地，不過要問張銳。」

「是的，他已經睡著了。」張連忙回答。

「哦，小鄧你也是一個人？」何扭頭問他。

「我先在海邊留了半天，感受颱風的力量，大約九點前去到小溪洗澡，在溪裡躺著享受，回來時剛下雨，在村校梯級前見到何學長。」鄧忙不迭告白說。

「溪水不冷嗎？」

「剛剛好。」

「你走的時候，有沒有見到小島有火星？」

「那個路口在小島的前面，我沒有回頭望，不知道有沒有火星。」

「你的行蹤怎樣？」何對事不關己的姚美莉問。

「我更簡單，你們離開後我獨自在這裡燒烤，覺得很睏，刷牙漱口後去睡了，我是一個人，沒有證人。」姚懶散回答。

大家的目光來到董敏身上，她是最後一個見到劉厚強，董冷靜地看過眾人後說：

「大家都看見我一個去散步，劉厚強厚著臉皮跟著我。」跟著停下來。

「之後怎樣？」

「我們糾纏了一會，後來他說找一處僻靜的地方傾談，強拉我去那小島。」

「假惺惺，你在吊他的胃口，最後還不是跟他親熱唷。」姚挑釁她。

「你們談了什麼？」何沉著問。

「還不是那些不中聽的說話，後來我不理他，把他推倒在竹子上，跟著離開。」

眾人等著她時，董敏突然沒頭沒腦說：

「沒事啦，我回頭看，他已經站起來。昨晚風刮得很大，將竹林吹得左搖右擺，五音紛陳，響個不停，。」

「你逗留了多久？」

「二十分鐘吧。」

「你什麼時候離去？」

「大約剛過了九時吧，當時劉厚強仍是生龍活虎。」

「你們傾談時他有沒有抽菸？」

「沒有。」

「他什麼時候抽第一枝菸？」

「我們快要傾談完畢他才抽第一枝菸，還狠狠地抽了幾口。」

「你踏著石頭過河時潮水怎樣？」

「潮水開始上漲了，還沒有淹蓋水道的石頭，不過差點被溪水的急流沖倒。」

「你回到石屎橋有沒有見到人？」

「沒有。」

「你什麼時間回到營地？」

「我沒有看錶，走得很快，回來時立刻走入營幕睡覺。」

「有沒有人看見你，或者遇見誰？」

「我不知道，也沒有留意。」董敏遲疑了一會，肯定說：「我回到營地沒有看過任何人。」

「時序是估計你約九時零五分來到石屎橋，九時四十八分前回到營地。」

「應該是吧。」

「你也沒有不在現場的證據。」

「何守聰，你問完了沒有，我們今早忙了大半天，饑寒交迫疲憊得要命，現在風雨飄搖沒事可幹，我想去休息。」李晨說出大家的心聲。

「問完所有人後，結論是各人在八時四十分後都是單獨活動，期間劉厚強已經走上了小島，大家都是在九時四十八分或之前回來營地的。好了，各位請自便。」

各人都鑽進營幕，祇有何守聰仍孜孜不倦走進村校裡檢驗劉厚強的遺體。

第十二章

下午三點多，鄧梓仲爬出營幕，雨勢稍緩，但不時仍有一陣陣烈風狂飆亂竄，何守聰凝神沉思，鄧問：

「學長，真佩服你不用休息，挺有精力啊，檢驗劉厚強的屍體後還閒不住思考，有什麼發現？」

「我也睡了一會，祇比你稍早起來，雨勢漸竭，我們到小島那邊走走？」

「好啊。」

二人正要開步時，李晨突然從營幕竄出來說：

「等一會，我也要去。」

「好，我們一起跑過去。」三人一起跑到石屎橋停下，何說：

「張銳說他從石屎橋跑回營地，剛才我們跑過來大約要十二分鐘。來，我們再跑到小島對面的山邊要多久？」他們跑到那裡，何看一下手錶說：

「這段短跑要二分鐘，再加上踏大石過水道約要一分鐘，由小島跑回營地最快要十五分鐘。」

「那表示什麼？」

「我看過證物，裡面有二個菸蒂和一個裝有十八枝香菸的菸盒，全數二十枝，還有包裝菸盒的薄膠紙，劉厚強開了一包全新的香菸，如果劉厚強在董敏離開後抽第一枝菸，張銳說大約於九時在石屎橋看見火星，他又說洗澡後回頭看見小島上有火星但不知道時間，劉厚強在那時才抽第二口菸，張銳因下雨跑回營地，跑這段路約要十二分鐘，他是約九時四十八分回到營地，那麼他第二次看到火星時約是九時三十六分鐘，由此推算九時至九時三十六分鐘劉厚強仍然活著，假設劉厚強在九時十分抽完第一枝菸，那麼他在二十六分鐘內待著什麼也沒做嗎？也沒抽菸嗎？對一個菸癮極大的菸民，能忍受這麼長的時間不抽菸是不合理。」

「你懷疑什麼？」

「我懷疑張銳的證辭。第一點石屎橋山邊是一個交岔口，正是看守著小島和回到營地的唯一通道，為什麼他會在山邊待了二十多分鐘之久？第二點假設張銳在九時三十六分第二次看見小島有火星，若然當時劉厚強還活著，劉厚強最早是九時三十六分鐘被殺，從小島跑回到營地最快是十五分鐘，兇手最快也要九時五十一分才回到營地，但是我們全部人都是約在九時四十八分或之前回到營地，故此推論劉厚強在九時三十六分前遇害，張銳根本不可能在那時看到小島有火星。」

「那麼張學長在撒謊囉，可是，為什麼呢？」

「張銳隱瞞了一些事情。」

「哪會是什麼？」

「不知道，等會我去問張銳。」

「姚美莉最可疑。」李肯定的說。

「劉厚強在九時零五分董敏離開後被謀殺，李晨在九時三十五分看見這邊有光亂閃，李晨從山岡看到對面衹是小島和後面的山體，證實了九時三十五分兇手仍留在小島上，兇手衹要跨過水道狂奔回營地，也能夠在十三鐘內，即九時四十八分或之前到達，所有人都有足夠時間行兇，各人回到營地時情況有些尷尬，但沒有急跑後氣喘噓噓。」

「會不會是劉學長的電筒開著？被強風吹得到處滾動，李學長才會在對面山頭看見閃光，況且，兇手可能是外人。」鄧質疑。

「不會，我檢查過劉厚強的電筒是關掉的，至於外人嘛？」

「殺人也要有動機。說到動機，最明顯是劉、關、董、姚學長的四角關係，因妒成恨殺人是推理小說不可或缺的殺人動機。」

「如你所說，你、我、李晨和張銳也脫不了嫌疑。」

「這話怎說？」李啼笑皆非問。

「我們也有可能跟他們四人軋上了，因情殺人。」

「真是顛三倒四，把我說得也糊塗了，我明明不愛他們，怎麼也擺放我在愛情祭壇上，成為愛情的犧牲品？不如說一下劉厚強的死因吧。」李誇張笑說。

「我檢查過劉厚強的遺體，發覺他的額頭有一個血洞，鼻子受傷，背脊左肩膀的位置有一條像被雞毛撣子打過的條狀痕跡。」

「會不會是董學長將劉學長推在竹子，撞上了竹排上做成？」

「那些竹子祇有晾衣裳的竹桿那麼粗，董敏將他推在上面，竹子也會卸掉向後推的力度，不能做成那樣的傷痕，反而額頭和鼻子的傷口好像有人正面襲擊他。」何用手比劃一下。

「周圍有從山上沖下來連枝葉的樹枝，可用作武器。」李晨拾起一根樹枝用力向前面打了幾下。

「若然兇手能夠在正面用樹枝攻擊劉學長，他又沒有防範，證明兇手一定跟他十分親密，才令他放下戒心，董學長大有嫌疑。」

「我說有人，並不是一定指董敏。」何糾正他。

「啊，我明白了，你也喜歡董敏。」李假裝恍然大悟笑說。

「你不要瞎掰啦，真是受不了你。」

「是否被鎖羅盤的猛鬼嚇死？」李又再胡扯，何瞪了她一眼說：

「我曾經查看劉厚強的身體其他部位，還發覺在他後腦頸椎骨的位置有一個小小的傷口。」

「那裡有傷口有什麼重要？」

「很奇怪。」

「你是那一門子的偵探？什麼也查不到。」李盡情嘲諷他。

「可能董學長將他推在竹子時，被椏節擦傷，又或者他滑倒在地上剛好碰上了尖硬的小石頭。」鄧連忙打圓場。

「沒有可能，那個小孔藏在頭髮裡。」

「你仍然懷疑董敏殺死了他？張銳說九時左右在石屎橋第一次看到小島有火星，證明劉厚強還活著，董敏已經離開了小島，她還說回頭看見劉厚強平安無事地抽菸。」

「董學長可能說謊嘛。如果董學長是兇手，二人到了小島後董學長根據李學長的推理，用樹枝在正面襲擊劉學長殺死他，驚見石屎橋那邊有電筒亮光，點起香菸引起別人注意，碰巧讓張學長看見，間接證明劉學長在九時左右仍然活著，但是張學長並沒有看見劉學長的本尊，張學長的證詞並不可靠。」

「何守聰，剛才你推論張銳說謊，他可以說一個謊言，也可以編另一個謊言去掩飾一個謊言，甚至自己上小島殺死劉厚強。」

「姚學長也能夠偷偷跑上小島，等董學長走後，殺死劉學長。」

「所以我說要找張銳問個清楚。」

「那麼你趕快去偵訊張銳吧。還有，為什麼劉厚強沒穿褲子？」

「除非劉學長死前有性行為才會脫下褲子，不知道驗屍時能否驗出這一點？」

「絕不會跟董敏！她說過女人的身體跟隨她的心走，莫非用強？我想劉厚強不會這樣下流吧？一定是跟其他人廝混。」李晨決心維護董敏，跟二人對峙，她斷言說：

「我說過我不喜歡劉厚強，不喜歡他的嗓音。要說誰最有嫌疑，應當是關雄和姚美莉，還有，兇手殺了劉厚強後，最乾淨俐落處理屍體的方法是推落海裡，屍體會隨著海流飄出大海，發現屍體時祇會聯想劉厚強失足跌下海裡溺斃，為什麼要大費周章脫掉他的褲子？必定有動機嘛。」

何守聰思考李晨的問題，鄧接話：

「這件可能是誤殺案。兇手祇想教訓劉學長，反握樹枝，當劉學長對兇手求歡時，兇手砸在他的臉上，他昏倒在竹子，未知生死，動機是愛恨交織，兇手洩忿，脫掉他的褲子丟進海裡，等他醒來找不到褲子，尷尬地回營地。」

「你的腦袋是怎樣構造？就算我是女生也想不出這種變態的方法，羞辱男人。」鄧祇是一笑。

「可是皮帶不見了，它穿牢在牛仔褲上，不可能在海裡拉扯脫落，就算要羞辱劉厚強，也不用扯掉皮帶。」何再次強調。

「答案就在沒了影的皮帶，最重要是找到皮帶。還有，兇手可能扯下皮帶用來抽打劉學長的背脊，才會留下一條傷痕，再丟掉皮帶落海。」鄧作出結論。

「我想最好的方法是檢查各人的背包。」何想了一下說。

「不行，我是女生，我要保護我的私隱，絕不容許男人搜查我的背包，再說，兇手已經處理了皮帶，那有人會蠢到收藏兇案證據？」李鄭重抗議。

「你不用緊張，我不會犯眾怒，我又不是警察在查案。」

「你已經在調查啦，你要做福爾摩斯，我可不想當你的華生，你叫小鄧辦這件差事好了。」

「還有一件事，是董敏提醒我的，她離開小島時，海水已經上漲到踏腳石，當九時三十五分兇手要離開小島時，海水急流將踏腳石沖散，潰不成型，石塊完全淹沒不能通過，小島變成密室，兇手不可能游水橫過水道，那會被淤泥卡著雙腳纏住身體，復遭浪濤凌虐溺斃，就算他能勉強掙扎游回岸上也是一團糟，他的頭髮衣履盡濕，滿身污泥，但是各人回來時沒有這種情況。」

「但是你沒有看到三個關鍵人物董、關和姚學長回到營地。」

「我到過他們的營幕看過，下雨大約在九時三十分前開始，董敏、關雄和姚美莉的頭髮不是很濕，可能回來後抹乾，臉上也沒有泥污的痕跡，也沒有藏著濕漉漉、髒兮兮的衣物。」

「你說了一大堆廢話，想說什麼？」

「劉厚強死在密室裡，兇手不知所蹤，不知道如何全身而退，逃離小島。」

「那祇是一個半密室。」李晨決心跟他抬槓。

「還是董學長的嫌疑最大，她有殺人動機，也是唯一能夠在潮水上漲，小島形成密室前殺死劉學長，安然走過踏腳石離開小島。」

「你知不知道你在說什麼！不要胡說八道，不要冤枉董敏，她是個好人，也沒有膽量殺人。還有，何守聰，你說兇手在九時三十五分仍在小島，董敏已經回到營地，除非你的推論是錯的。」李對著二人咆哮，鄧梓仲立刻閉嘴。

第十三章

三人離開小島走去廢村，風急雨勁迴環襲擊他們，忽地樹上又抖下一大汪積水，雨傘也撐不住，淋濕各人衣物，狼狽不堪，走到廢村盡頭的祠堂，裡面屋頂的瓦片被大風一吹，突然掉下幾塊，看樣子整片屋頂隨時會坍塌，左右搜索也沒看見什麼曾經有人寄居的痕跡，三人嘗試走上通往烏交騰的山路，沒走幾步已被茂密的長草矮樹攔路，若是強行通過，後果是被尖樹利草刮得遍體鱗傷，祇得折回，接著走到分岔路到別的廢屋，發現環境荒涼，村屋破爛不堪，含苞野花都付與廢井斷垣，芳草萋萋掩埋路徑，恣意占據到山邊，彷如佈下一個青翠欲滴的刀劍八卦陣，根本沒地方能藏人，憑這一點否決了有外人入侵殺死劉厚強的猜想。

三人回到營地，時近黃昏，看見張銳捧著一杯熱奶茶和餅乾走進自己的營幕，何跟著進去幫忙，之後何走出營幕，給李與鄧一個眼色，二人和董敏正忙著預備晚餐，姚美莉坐在大石上，有點粗魯蹺起二郎腿，戴著耳機聽歌，還跟著拍子哼唱，十分享受陶醉的樣子。何守聰拉著張銳到海邊說：

「關雄的情況怎樣？」

「吃過藥後他的熱退了七七八八，但是沒有服用平常的特效藥，神智不大清醒，左腿被泥石流壓傷了要躺著，走路不太方便，要盡快看醫生。」張憂心回答。

「明白，明天潮退時我們安排人員到荔枝窩報警求助。」何向他保證，接著將他們對張銳懷疑的地方告訴他，張銳聽了以後沉默良久。

「你是否在石屎橋上和洗澡後看到火星？」

「衹有第一次在石屎橋看見火星，第二次沒有回頭看。」

「你是否隱瞞了一些事情？」

「你猜對了。」張猶豫了一會承認。

「是你自己的還是關雄？」

「是關雄，我們八時三十分在村口分首後各自活動，我走到石屎橋前面的山邊方便，剛巧看見關雄鬼鬼祟祟去到岔路上小島，我想他是妒火中燒，要到小島偷聽董敏與劉厚強的對話。」

「那時是幾點？」

「我看了一下手錶，是八點五十分。」

「之後你等了多久？」

「大概是十多分鐘，見沒有什麼動靜覺得無聊，在九時過一些後離開去小溪洗澡，然後回營地。」

「你從八時五十分到九時過一些後除了董敏、劉厚強和關雄外，有沒有看見其他人走上了小島？」

「我沒有看見其他人在八時五十分後走上小島，但是之前任何人也能夠偷偷走上小島嘛。」

「你有沒有看見董敏或者關雄離開小島？」

「我沒有看見董敏或者關雄離開小島，我想他們先後離開。」

「中間有許多可能，沒有人有明確的不在現場證據，可以排除在嫌疑人物之外。」

「我可沒有動機要殺劉厚強。」張銳一臉無辜說。

「你也喜歡董敏。」

「董敏的美貌令男人坐下欣賞，令女人妒忌，但是不足以為她殺死阿強，兄弟如手足，夫妻如衣服。」

「你們的感情很深厚嗎？」

「我們四個是村裡當時年紀相若的小孩，自小一起在村裡上小學，一起到沙頭角村念中學，回到村裡又共同行動，親如兄弟，像『三國演義』裡的人物。」

「四個？」

「還有前天那個在碼頭接我們船的小胖子黃忠。我們從小走遍了吉澳島大小山頭和深谷，熟悉島上每一寸地方，最有趣是去蝙蝠洞用丫叉彈子射蝙蝠，到樹林採鳥蛋，晚上在魚排偷魚，得手後到上山烤魚吃。我們一起玩樂，一起闖禍。」

「闖是什麼樣的禍？」

「不過是小孩子的惡作劇吧，可惜此情不再了。」何守聰見他面露難色也不再追問。

二人回到營地，晚餐已預備好了，祇等著他們回來用膳，除了姚美莉吃著燜雞和泡麵，忽然下起大雨，眾人祇能擠在中間的篷幕下，默默進食，董敏和李晨悄悄說話。

晚飯後黑夜占領大地，雨也停了，何守聰邀請李和鄧到石屎橋，路上何告訴他們張銳的說辭，李晨好奇問：

「這次你又叫我們到這裡幹嘛？」

「是要做一個實驗。」

「怎麼樣的實驗？」

「是要證實張銳的說辭，現在天已黑和潮水退卻可以走上小島，跟昨晚情形一樣。小鄧，請你到小島點著幾枝香菸，放在竹椏上，讓香菸熄掉才回來，我和李晨在石屎橋觀察，能否看到火星？」

鄧梓仲依言跑到小島，三十分鐘後跑回來問：

「我點了五枝香菸，還把其中二枝並排放著，怎麼樣？你們有沒有看見火星？」

「沒有耶，距離太遠，祇見黑漆漆一片，竹林太茂密了，就算用電筒照射也看不見火星。張銳始終都在說謊，他二次證辭都是假的。」李晨下結論。

「會不會張學長也走上了小島？那麼董、姚、關和張學長都有嫌疑，他們有足夠時間殺死劉學長。」鄧也認同李晨。

李晨嘟囔著嘴巴，何守聰皺著眉頭，鄧梓仲見情勢不對頭連忙問：

「等會你們做什麼？」

「我會到小池塘洗澡，睡一個好覺，我今天從早忙到晚沒有一刻停下來，感到十分疲倦。」

「我到山岡那邊聽浪吹風，散散悶氣。」李指著荔枝窩方向有氣無力說。

「那麼各適其適咯。」

第十四章

何守聰在酣睡，感覺有人不停用力搖晃他，噪聒地在他耳邊叫嚷：

「何守聰，快點醒醒，怎麼睡得像個死人？何守聰，快點醒來，又發生命案了。」那人加大力度推他。

「你說什麼？」何守聰還未睡醒夢囈地回答。

「有人死了，張銳死了。」李晨在他耳邊大聲說。

何守聰仍懶洋洋坐起身，開聲說：

「是啊，張銳，我在夢中跟他確認一件很重要的事情，他正想告訴我時卻被你打岔搖醒。」

「你還在做什麼偵探夢，張銳死了。」李晨喝道。

「什麼？張銳死了？在那裡？」何驚叫。

「在村公所屋子裡。」

關雄那邊起了一陣騷動，何守聰雙手急忙在地上胡亂扒撥摸索，最終抓到了眼鏡戴上，按亮了手銬，是晚上九時三十多分，他睡了差不多二個小時，穿鞋著襪跟李晨快跑去村公所。

二人來到村公所時情況十分混亂，關雄面容扭曲，雙手拚命掐著姚美莉的頸項，口中不斷吐出一連串的粗言穢語及不具意義的音節，姚美莉極力反抗，臉蛋脹紅，口吐嘎啦聲，她雙手出盡氣力要扯開關雄的雙手，又踢他的身體和雙腳，關雄好像喪屍不知痛楚，無動於衷，鄧梓仲也出力拉開關雄的右手，但是關雄的雙手如鋼鉗鎖死著姚美莉的脖子，董敏嚇得縮作一團，雙手顫抖，握著電筒上下左右搖晃，好像為殺人舞台調控特別的燈光幻影效果，何守聰見狀立即在關雄的臉上賞一記左鈎拳，關雄鬆開了掐著姚美莉的雙手，不斷搖頭抽動，忽然歪著嘴對何再三怒罵：

「白痴低能仔，低能白痴仔。」

接著他突然變得面目猙獰，口中咕嚕咕嚕吐出像野獸的聲音，兇悍地伸出雙手要掐著何守聰的頸項，何見形勢凶險再賞他一下強勁的右直拳，將他擊暈倒在地上，何打完後摸著右手拳頭雪雪呼痛。

姚美莉蹲下大口喘粗氣，連續嘔吐達一分多鐘，淚水縱橫叫嚷：

「剛才我被他掐得快要死了，肺炸了透不過氣，腦內一片空白，他被鎖羅盤的厲鬼上身要殺死我，他是殺人兇手，是他殺死劉厚強和張銳，這裡很恐怖，我要回家，我要回家，我不要困在這條猛鬼村。」姚美莉痛哭崩潰，不斷尖叫要回家，董敏藐著嘴，其他人對姚的歇斯底里束手無策。

「何守聰，關雄曾經向祠堂扔石頭，羞辱鎖羅盤村的鬼神，對鬼神不敬，才會被鬼上身辱罵你，他身不由己。」何不搭理她對鄧說：

「小鄧，請你回營地找一根繩綑綁關雄雙手、強力電筒和塑膠袋，還有他的『保麗來』即拍照相機。」

「關雄會否如傳聞被幽靈殺死？」李晨憂心說。

鄧聽令旋即跑步回去，何用電筒照射周圍及現場到處張望，張銳仰臥在左邊門框，上半身突出在門外被雨水淋濕了，下半身在屋子裡，衣履整齊；董敏臉色蒼白無助地倚在牆上，身體不住發抖；李晨專注地看著張銳，露出憐惜哀思的表情；姚美莉仍蹲在地上，雙手抱著小腿，將頭埋在膝蓋不停地啜泣；關雄半側身臥在地上像熟睡一般，何默默檢查張銳後問：

「你們怎麼會來到這裡？」

「我聽到了尖叫聲。」李晨神色黯然答道。

「當時你那裡？」

「我前往荔枝窩那個山岡上聽浪聲，待了很久，有點無聊走到這邊，突然聽到董敏驚叫，跑過來看見董敏呆頭笨腦，傻呼呼看著躺在地上的張銳，手足無措。」

「那時是多少點？」

「是九點十五分。」

「跟著怎樣？」

「我推醒了董敏，她才曉得叫我去找你到來，我跑到外面，見到姚美莉和小鄧一前一後由石屎橋那邊跑過來。」

此時鄧梓仲拿著物件跑回來，還拎來二盞石化氣燈，他交給何守聰照相機等物件，跟著動作俐落用營幕繩索綑綁關雄的雙手。

「我也聽到了尖叫聲。」姚用手背抹掉眼淚站起來說，何把手帕遞給她。

「當時你在那裡？」

「我在營幕裡聽音樂，之後停了雨，覺得有點悶，到外面散步，不知不覺走到石屎橋和小島這邊來，聽到有人尖叫便跑到這裡來。」

「你不怕嗎？」李晨突然問。

「啊，劉厚強那個渾球是活該的，又不是我害死了他，有什麼好怕？」姚撇著嘴說。

「可是，別人不是這樣想。」

「我懶得管其他人怎樣想。我到來時看見董敏站在張銳的身旁，嘴角掛著勝利的微笑，露出報了仇高興的樣子，我想一定是董敏殺他。」

「你這個妖婦，不要子虛烏有捏造事實詆毀我，我沒有殺死張銳。」董怒道。

「你燒壞了那條筋，三更半夜跑到荒山野嶺幹嘛？你就是個淫婦，剛捽掉殺死劉厚強，立刻又搭上張銳，天黑後到這裡跟他幽會。」姚輕佻的說。

「如果他倆真的是相好，董敏學長又為何要殺死張銳學長呢？」鄧小聲的說。

「原因有二個，一是張銳用強向她求歡，她拒絕不果錯手殺死張銳，二是張銳告訴她，他為了她殺死劉厚強，這個淫婦怒從心上起，把心一橫殺死張銳為劉厚強報仇。」董敏氣得臉色慘白，牙關打顫。

「為什麼你會來到這裡？」何轉身問董。

「我在營幕裡休息時，有人抛了一張字條進來。」

「你有沒有追出去看是誰抛給你字條？」

「有哇，但我走出營幕外卻找不到半個人影。」

「那張字條寫什麼？」

「上面的內容是『我知道誰殺死劉厚強，九時到村公所見面，張。』」

「字條沒有上款，寫給誰也可以，那是否張銳的字跡？」

「那張字條用英文大楷寫的，我不能肯定是否張銳書寫。」

「任何人也可以冒認張銳寫下這樣的字條，約你到村公所見面。」

「不過那字條是張銳慣用的紫色墨水筆所寫，當我看見便條時直覺地認為那是張銳所寫。」

「你收到字條是幾點？現在字條在那裡？」

「我看了一下手錶，當時是八點半，我考慮要不要赴約，快要九點時終於按捺不住走到村公所，我把字條放在褲袋裡。」董敏說著在口袋裡搜索，找了一會說：

「不見了，一定是在路上掉了。」

「根本就沒有字條，你在瞎編騙人，你一早跟張銳約好在這裡幽會。」姚冷冷地插話。

「就算挑也挑一處浪漫的地方，哪會有人在這樣臭臭的地方親熱？」

「我說在這裡等，不一定在這裡鬼混。」姚美莉不服輸地反駁。

「有沒有人見到你？」何充耳不聞問董敏。

「沒有。」

「是你自己一個人咯？」

「你在問我的不在場證據。我吃過晚飯後到營幕休息，當時除了你的營幕外，其他營幕都是亮著燈表示有人，後來睡著了，睡醒時所有營幕都熄了燈，萬籟俱寂，我開著收音機解悶，不久收到字條了。」

「收音機的聲浪引人注意。」

「我來到村公所時，環境幽靜得叫人害怕，風聲颯颯，通往池塘石路那邊還簌簌作響，好像有人聲呢，不過聽下來又不像，不知是否山魈樹妖、鎖羅盤鬼魅作祟？還是劉厚強的亡靈、張銳的幽魂現眼索命報仇？」董敏說完後刻意停頓下來，目光灼灼看過各人，包括被打昏倒地的關雄。

「你不要怪怪的，看得人心裡發毛啦，很嚇人耶，現在又不是半夜聽電台鬼古，快點說下去。」李惱她說。

「我叫了幾聲張銳卻沒有回應，用電筒照向屋內又不見他，走近門口時給東西絆倒，用電筒照射看清楚，見到張銳倒臥在地上，踢了他一下他沒有反應，蹲下來用手推他像條死魚，用手探他的鼻息，發覺他和劉厚強一樣沒有呼吸，嚇得尖叫，首先是李晨到來，我叫她去找你，接著是小鄧和她，過了好一會，關雄光著雙腳跑到，看見如此光景立即掐著姚美莉的頸項要她的命，以後的情形你們也知道。」

「昨天下午你匆忙由池塘跑回營地後，我在路上碰到張銳，見他衣服濕了一大片，那是為什麼呢？」李晨忽然問道。

「我怎知道？我看到劉厚強和這個賤女人的不軌行為，齒冷他們的淫行，匆匆走到石路時遇上張銳，他身上已經濕了一大片，他說霎時下了一陣驟雨，走避不及被淋到，還說路上濕滑，叫我小心走路。」董敏說得十分流暢，李晨半信半疑。

「是你這個不知廉恥的婊子大白天勾引張銳，約他晚上到村公所劈腿，你二人才是姦夫淫婦。」

「你這個毒婦！那張字條是你寫的嫁禍我，是你殺死張銳。」

董敏說著，揚起右手就要掌摑姚美莉，卻被姚用左手格開，電光火石出手摑了董一記耳光，董錯愕不已，旋即撲向姚美莉拉扯她的頭髮，姚不甘示弱也扯著董的頭髮，用腳踢董，董還以顏色，二人格鬥扭打在一起。

其他人忙著分開她們，何守聰抱著姚的腰，李和鄧拉開董，但是二人仍抓著對方的頭髮，變成雙方拉扯對方的頭髮拔河，鄧叫李晨抱著董敏，自己走到中間硬是要鬆開二人抓著對方頭髮的雙手，鄧好不容易才解開二人的手指，何與李各抱一人，鄧站在中央分隔她們，二人頭髮蓬鬆，衣衫不整，姚美莉力竭聲嘶謾罵，哭哭啼啼，董敏不動聲色，鄧盯著她，她整理一下衣裳，似笑非笑瞥他一眼。

三人被二女耗得筋疲力盡，放開手坐在地上休息，冷不提防姚逃脫跑走了，董也趁機離去，三人也沒氣力去追。

「李學長，你不去護著董學長嗎？」

「剛才我們出盡氣力才勉強分開她們，我一個弱質女子怎能鬥得過她們二個抓狂撒野的癲雞[24]，由得她們拚個你死我活好了。」

「那很容易搞出另一單血案啊。」

「我也無能為力，何守聰，你說怎麼辦？」

[24] 花痴。

「這情形祇能順其自然。我們要處理關雄、張銳及在現場搜證。」

「小鄧，昨天下午我在路上碰見你，看見你神色有異，你是不是看到什麼？聽到什麼？」李晨逼視鄧梓仲。

「我可沒有什麼事情要瞞你啊。」

「不，你的表情鬼頭鬼腦，像知道一些不該知道的事情。」

「小鄧，你知道什麼就說出來吧，可能對破解二件命案有幫助。」

「我也不知是否有幫助嘛。」

「坦白從寬！抗拒從嚴！」李晨威脅他，鄧梓仲細細道來：

「昨天下午我正要轉入村公所那條路前往池塘，看見董學長沿著石板路跑過來，突然半路有人把她抱個滿懷，不停吻她的面龐，追尋她的嘴唇，我看清楚那個人是張學長，於是躲到外面的樹叢裡。」

「你聽到什麼？」

「『我在這裡痴痴等你很久了。』張學長說。董學長掙扎要推開張學長說『你的鬚根扎得我很痛耶。』」

「跟著怎樣？」李晨心急問。

「『是他用情不專對不起你在先，你又何苦對他浪費感情呢？你知道我也喜歡你。』張學長說。」

「『誰知道你們男人怎樣想?抱著甲心裡想著乙。』董學長撒嬌地說。」

「之後怎樣?」

「我看見張學長熱情地抱緊董學長,她祇是左閃右避,不太認真地拒絕。」

「董敏欲拒還迎,這是她對追求者一貫的策略。」

「張學長吻過董學長的面龐後,他還想要再吻董學長的唇,董學長刻意躲開說你在後面追來,張學長才鬆開董學長,之後她趁機溜走,出來時沒看見我。」

「你還聽見什麼?」

「二人親熱時在耳邊喃喃細語,我聽得不太清楚。」

「他們果然有私情,怪不得董敏今晚會欣然赴約。」李晨輕嘆說。

「傷春悲秋有什麼用?張銳也死了。」何安慰她。

「你沒心碎過,不會明白。」李晨落漠低語,跟著說:

「我還是去看董敏怎樣,你們繼續扮演福爾摩斯和華生吧。」

李晨帶著淡淡哀愁離去,二人將二盞石化氣燈移入屋子內,趕走部份黑暗,發覺屋子中央龜裂的部份被人掘開,中心部份明顯比外圍乾燥,地上遺留了電筒和一把小鐵鏟,再往周圍搜索,發現一個煙蒂,二個空的啤酒罐和一條女生手帕,何守聽將物件放進塑料袋去,用閃光燈盡量拍下現場環境，又拍下張銳遺體的位置，自言自語：

「明天早上要再來一次，看清楚四周環境和拍照。」

「還得給張學長驗屍。」

「是的，我們先抬關雄回去營地，再搬運張銳放進村校裡。」

二人花了半個小時才將關雄抬到營裡，姚美莉已經回到營幕休息，董與李在村校前的海邊促膝談心，何交了一盞石化氣燈給她們照明，當何與鄧抬著張銳的遺體和雜物回來時，聽到董敏說：

「李晨，我真的很傷心，劉厚強死了我才發覺我是這樣掛念著他，我想我真的喜歡他。」

「我也想著張銳啊。」

二人將頭擱在對方的肩膀上擁抱，當何守聰經過她們時，董敏直勾勾、眼中沒有焦點看著前面的虛空，莫測高深認真地說：

「我幫過你，你也要幫我。」

「我知道，我們一定要互相扶持，度過難關。」

「多謝你。」

何守聰和鄧梓仲一前一後抬著張銳，步履沉重踏上石級走回營地。

第十五章

何與鄧走到營地外面的樹下，取來大量柴炭點起篝火，一邊烤火一邊討論案情，鄧梓仲回憶說：

「關學長跑到村公所時的氣場很恐怖啊。」

「當時的情形怎樣？」

「他殺氣騰騰瞪著董學長和姚學長，忽地一個箭步走到姚學長跟前，二話不說用手指著姚學長的脖頸，嚇了我一大跳。」

「為什麼他不去指董敏？」

「董敏看他來意不善慌忙躲到樹後面。我推測關學長認定她們其中一人是殺死劉厚強和張銳的兇手。」

「嗯。」

「根據那張字條，張學長是否知道誰殺死劉學長？還是托詞要見董學長？」

「張銳根本沒有寫那張字條，如果他知道誰殺死劉厚強，他會召集我們公佈他的推論，指出誰是兇手，不會偷偷摸摸單獨見董敏。」

「張學長喜歡董學長，若然他認為董學長殺死劉學長，他需要跟董學長單獨見面，向她求證，又或者李學長是兇手，張學長也認為應該先跟董學長見面討論，畢竟董、李學長二人是好朋友。」

「殺人也要動機。」

「說到殺人動機，董學長因妒成恨誤殺了劉學長，張學長發現董學長是兇手，她殺他滅口也合情合理啊。」

「李晨嘛，我看不出她有任何殺人動機。」

「誰知道？李學長也許喜歡劉學長，她口中說討厭他，但是女子說討厭極有可能是反話，她先走上小島躲起來，等到董和關學長離開後向劉學長表白示愛被訕笑，一怒之下用樹枝正面打死他，是李學長指出樹枝是凶器。張學長看見她走上小島要脅她，她殺死張學長，再假惺惺說喜歡他，沒理由要殺人。」

「你在胡亂臆測，並沒有證據支持，哪有兇手明明白白透露殺人方法？」

「我是大膽假設，小心求證。最重要的說辭都是張學長所說，他可以包庇關學長給假口供，也可以隱瞞李學長折回頭上小島及離開，又或者張學長自己跑到小島殺掉劉學長，有人發覺了殺死他為劉學長報仇。不過關學長也有可能是兇手。」

「為什麼？」

「嫉妒殺人。張學長說目睹關學長走上小島，他與劉學長發生爭執殺死劉學長，被張學長發覺，張學長約他到村公所商談，關學長為了掩飾罪行殺死張學長。」

「關雄祇是早我和李晨幾分鐘到達凶案現場，他聽到了李晨叫嚷張銳在村公所死了才跑過去的，他沒有時間殺死張銳。張銳可能在一、二個小時前已經遇害，兇手設下陷阱，引誘董敏做第一個人到達現場，成為最大的疑犯，關雄正發熱、腿也壓傷了，行動不便，沒有能力設下陷阱，他不是兇手。」

「那麼設下陷阱的人就是兇手？如果你排除了李學長和關學長是兇手，那麼祇餘下董學長和姚學長。」

「為什麼姚美莉要殺張銳？」

「我猜不透姚學長的殺人動機，董學長自導自演將自已塑做成受害者，這是阿婆[25]愛用的橋段。」

「為什麼董敏要作繭自縛？」

[25] 暱稱，Agatha Christie，英國著名推理小說作家。

「置諸死地而後生。」

「你真能說歪理，假設不合理，邏輯混亂，結論也糊裡糊塗。」

「我是華生嘛。」

「張銳體格強健，如何殺死他卻沒有遭到他的反抗？」

「可能是下藥，證物裡有二個空的啤酒罐，兇手在啤酒裡落安眠藥騙他喝下，等他昏倒後殺死他，證物還有一條女生手帕，我們這群人祇有李學長有吃安眠藥的習慣。」

「那麼啤酒是兇手帶來才能下藥，可是張銳是秘密行動，這樣推論他並不想別人知道他走到村公所，若然有人突然出現，按道理張銳會極力將他引離現場，怎會有閒情逸致跟兇手在發霉發臭的地方喝酒呢？這樣不合理，那二個空啤酒罐是兇手故弄玄虛。」

「你又否決了我了。」

「我們先回到原點考量，張銳來到村公所幹嘛？」

「現場發現了另外一件證物。」

「你指那一把鐵鏟，龜裂的地下被掘開了。」

「事情很簡單張學長來到村公所是掘東西，掘什麼？我想是挖掘傳說中的村民財物和日軍遺留下來的金條軍資。」

「有點意思。」

「昨晚燒烤時，劉、關、張學長不是說要在畢業後在大陸開公司大展拳腳嗎？李晨問張銳那裡來的資金，他支吾其詞，我想挖掘傳聞的財寶是他們方法之一。」

「邏輯合理，繼續說下去。」

「他在挖掘時，兇手到來了，不知道用什麼方法殺死張學長。」

「那樣說張銳不知誰是兇手，是兇手主動要解決他，張銳來到鎖羅盤首要目的是尋寶，不是爭風呷醋殺人，他不是殺死劉厚強的兇手，為什麼兇手還要殺害他？兇手如何不著痕跡殺人？村公所發生了什麼事情呢？張銳跟兇手之間又有什麼不為人知的秘密？」

「你駁回我的推理，那麼劉學長和張學長為什麼會被殺？」

「你不如問為什麼要殺人？」鄧梓仲聽了怔怔看著何守聰，何繼續說：

「殺人的動機不外是愛、恨、貪、癲和無知。」

「無知也會去殺人？」

「美國一個小鎮有三個少年因生活窮極無聊，無所事事，拿著槍，駕著車隨便在街找上了一個緩步跑的青年，在他背後開冷槍將他殺死，後來被捕後供出是為了好玩、悶、想看別人死亡，要不是即時被捕他們說還會繼續殺人，他們將會面對一級謀殺罪，終生監禁的刑期。」

「他們殺了人受到法律制裁，罪有應得，但有一些人殺了人卻沒人知，沒人理，沒有報應，真是沒天理。」

「你指什麼？」

「我說歷史上惡名昭彰、殺人如麻的封建皇朝、蘇聯和納粹的秘密警察。」

「隔籬強國也殺了許多人，理由是為奪取政權，確保政權安全，由建黨至今盡是一篇篇血肉橫飛、驚心動魄的殺人史，一九四九年十月一日奪權之前最慘烈是前述的『長春圍城』，從土改、三反、五反、鎮壓反革命、公私合營、反右、四清、十年文革、反精神污染、反資產階級自由化，到今天8964，全都是腥風血雨、爭權傾軋的政治運動，而且殺人方法十分兇殘卑鄙。」

「是怎樣的一回事？」

「最典型是鼓動群眾鬥群眾，人們誓要表現政治正確、對毛忠心、擁護共產黨，殺人方式無所不用其極。我看過一條片子，當時是十年文革的高峰期，一條鄉村的幹部捉拿了一對反動派夫婦，五花大綁戴著尖帽子，上面寫著『牛鬼蛇神』遊街示眾，狂熱的無產階級對他們掟石塊硬物，再押送到一個木平台公開極刑處決。」

「這些都是中華的垃圾傳統，也沒什麼特別。」

「在那一個專制極權的國度，沒有權力，就沒有活得像一個人的尊嚴，變態的政治體制逼迫人們追逐權力，有多大權力，就有多大的尊嚴和金錢。」

「他們是否被槍斃？」

「不，他們綁在柱子上，全身綁滿炸藥，將他們炸得粉碎。」

「吓。」

「最卑劣陰險是他們強迫一個約十歲的小男孩去點藥引，那孩子反抗得十分厲害，紅衛兵瘋狂地怒罵斥喝他去做，刑台上的女子溫柔對他說『乖兒子，聽我的說話，你點著藥引後，趕快逃命。』那孩子淚眼汪汪看了他們很久，他媽媽多番勸說後，他最終點著了炸藥。」

「結果怎樣？」

「那孩子點著炸藥後，緊緊抱著父母，一起同死。」

「真令人心裡難受淒然。」

「中共是俄黃馬列子孫，根性理論來自蘇聯，1848年馬克思發表《共產黨宣言》指出『共產黨人不屑於隱瞞觀點和意圖，目的衹有用暴力推翻全部現存的社會制度才能達到。』中共一脈相承，仇恨所有國家的當權者，針對所有國家，任何社會制度規條，恣意妄為破壞。中共將馬克思這條原則發揮到極致，不信鬼神，戰天鬥地鬥人民，用瞞騙、謊言、暴力、血與火，煽動人們告密互鬥致死，自己兵不血刃，人民血流成河，共產黨很可怕狠毒，自己要存活下去，愚弄人們互相殘殺，犧牲，將無辜者祭奠，毛也說過自己是『和尚打傘，無法無天。』他們烙印了無數血跡斑斑的歷史，罄竹難書。」

「這麼恐怖？有什麼實例？」

「共產黨由幾個人組織起家，透徹了解團體的力量，他們奪權後掃蕩所有潛在反對勢力，如宗族，公民結社等，成立人民公社粉碎家庭親密的連繫，蠱惑人心祇能愛戴他們的毛主席，永遠擁護共產黨；一九五九年到一九六二年大躍進糧荒，估計死了幾千萬人，各地人民不能互通消息被瞞騙，共產黨卻發布三年天旱自然災害的虛假消息，其實那三年風調雨順，隱瞞用糧食救濟蘇聯、北韓和非州國家的惡行，號召人民排除萬難，不怕犧牲，建設美好新中國，共產黨權貴及幹部黨員卻衣食無憂，不乏物質享受，人民餓殍千里，遍地屍骸。《動物農莊》除了著名金句外，還有另一句形容共產黨十分貼切。」

「是什麼？」

「我們管理農莊，就要享用農莊最好的東西。共產黨掠奪資源，幹部過著貴族特權的生活，供養龐大體制的冗員，不是為人民服務，是監控人民為它服務，確保政權的安全，文革時的村幹部、『長春圍城』的官員、奉毛主席命令開槍殺人的士兵、8964屠城的解放軍和共產黨的官僚體系都是平庸之惡[26]。」

「平庸之惡？」

「這是一個學術概念，由漢娜・鄂蘭[27]探討極權的邪惡本質，推論出另一種罪惡，它不是發自邪惡的動機，是政治體制內的人放棄思考、思想、個性的官僚心態，是沒有動機的殘暴罪行，

---

26 The banality of evil.

27 Hannah Arendt，從德國流亡到美國的政治理倫家。

個人獨立犯下的罪行。」

「她的理論的來源呢？」

「她旁聽分析了一個法庭審訊，是對一個沉悶平凡德國人阿道夫・艾希曼[28]控罪，他為虎作倀實施納粹大屠殺六百萬猶太人，他的證辭提到『他對猶太人沒有一絲恨意，祇是在整個納粹官僚體制中奮發向上。』」

「那麼他為什麼要動手屠殺猶太人？」

「他的一切榮辱利益也來自納粹黨。也引申到依附從屬在政治體制及組織的官僚人員，他們盲目執行體制下達的命令，不獨立思考，不考慮道德，不辨別是非，唯命是從，完成任務等待升官發財，行為的極致就是大屠殺猶太人。」

「跟共產黨有什麼關係？」

「隔籬強國何其相似，官僚惹下彌天大禍後，強調祇是執行體制的命令，自己沒有責任，企圖推卸得一乾二淨，心安理得，這是個人獨立犯下的罪行，並不如他們偷換概念稱『雪崩發生的時候，沒有一片雪花是無辜。』他們將其罪行扭曲做群體導致的罪惡開脫，更甚者會說人不為己，天誅地滅，他們就是平庸之惡。在極權專制政體內的官員，無論怎樣也要幫助統治者為非作

28 Adolf Eichmann。

歹，註定不能做一個好人。」

兩人默默無言半天，鄧打破寂靜問：

「除了那些殺人理由和手段，恐怕沒有其他吧？」

「還有一個罕見及極慘烈的例子，中古年代歐州南部有一個小國，其中一條村子奉行一個既變態又惡毒的風俗，如果一個家族殺死另一家族的一個成年男子，那麼這個苦主家族就能夠依照俗例，殺死那個家族的一個成年男子報仇，卻不視為犯法，之後那個家族又去殺死這個家族的一個男子，冤冤相報，直至二個家族的成年男子死光為止，這是個因風俗合法殺人的孤例。」

「首先謀殺他人的兇手罪大惡極，局外人絕對不能感受失去親人那種痛苦難過的煎熬。」

「反過來看，這個村子訂下了這條互相殘殺的俗例，是一條無形的道德繩子，用意是警剔村民動手殺人之前要三思，殺人、報仇不會被世俗眼光、道德、法律規管，互相砍殺的後果是將痛苦永遠延續下去，整個家族世世代代都會飽嘗失去親人的惡果，幸好我們不是生活在那個國度。」

「對他們來說有仇不報到底意難平。」

「我不知道，文人說血海深仇，仇恨真的可以用度量衡來判斷嗎？」

「我們愈說愈遠。哎呀，我們要不要給關學長吃點東西喝點水，他一整天未曾吃喝。」

「是啊，我竟然忘記了。」何守聽起身回營地取食物。

「這點粗活讓我來做，你去叫醒關學長。」

何守聰走進關雄的營幕不久，鄧梓仲在營外將食物和飲料遞給何守聰，安頓後二人回到營幕就寢。

第十六章

何守聰醒來時鄧梓仲仍在睡覺，他按下手錶的照明看是早上七時多，爬出營幕看見滿天烏雲，不時刮來陣陣狂風驟雨，董敏和李晨未睡醒，關雄仍在沉睡，姚美莉不知跑到那裡去，何燒開水，盥洗後吃過早餐走到課室檢驗張銳的遺體，完成後出來見到董敏和李晨在吃早餐，何說：

「二位早晨，睡得還好嗎？」

「你早哇，昨晚聊得很晚，現在有點恍惚發昏。」李晨半醒狀態回答。

「我要到村公所那邊搜集現場證據，你們要不要一起來？」

「不啦，我想跟董敏想到山岡上看海吹風，清醒腦袋，你叫華生陪你。」

「小鄧仍在睡，他好像很疲倦，我一個人過去好了，等會見。」

「等會見。」

何守聰慢步走著，小心留意路旁有沒有董敏所說遺失的字條，終於在一堆草叢中發現一角濕透的紙張，上面寫著上半截英文字母的I字，字跡化開了，依稀看出是紫色的墨水，他把紙角放進塑料袋，這是否證明是有人將紙條擲進董敏的營幕，引誘董敏到村公所去？

何守聰來到村公所，屋外還是濕透，屋內已經沒有那股臭蛋味，裡面是出乎意料外的乾燥，尤其是在那處被掘開的周圍，何找來一根樹枝撥開那個被張銳掘開的小洞，發現上面是三合土，下面是泥土，再下面是腐敗的植物和不知名的黏土，何挖了一些樣本裝進塑料袋，跟著拍下小洞和周遭地面的照片，再拍下張銳陳屍的地方，張銳是仰臥而死，他的上半身被雨水淋得濕透擱在屋外，下半身是乾爽的晾在屋內，為什麼他會以這個姿勢死去？何守聰拍了幾張照片再搜索其他地方之際，忽然聽見遠方有女生不斷驚叫：

「救命呀！救命呀！」

何守聰連忙跑到往營地的小徑，發覺李晨朝著他跑來，見到他立即撲向將他抱緊，驚嚇得渾身哆嗦說不出話，何問：

「發生了什麼事？」

「姚美莉⋯，她⋯，她死了。」

「她怎麼會死了？」

「她⋯⋯，她被關雄推下懸崖。」李晨害羞地放開何守聰，吁了幾口氣說。

「我們快去看。」

「我很害怕，關雄像被厲鬼上身，不斷說髒話，發出短促的怪聲，身體亂七八糟，歪嘴斜眼、手指痙攣像隻食人惡魔，腦袋、頸項、手腳不停抽搐，行動僵硬如喪屍。」

「董敏呢？」

「董敏躲在山邊的矮樹叢，小鄧不敢走近關雄，拿著棍子在泥梯下面監視他。」

「你留在這裡，我去看一下。」

「不，有你在我放心好多了，我跟著你後面。」

二人跑去山岡，轉了一個彎角，望見董敏和鄧梓仲一起站在營地石級下商量，何守聰和李晨走回營地，他鑽進營幕，不久手裡拿著一條營繩，再來到黃泥梯，何守聰觀察了形勢說：

「等一會我跟小鄧上山岡，小鄧向關雄挑戰，讓他分心，我找機會跑到關雄後面，上下包抄，趁他不留神，我偷偷溜到他背後用繩把他綑綁，你們二個女生在這裡等候，見形勢不對，立即逃跑找地方躲藏。」

「我們還是先找個地方躲避。」董敏憂心忡忡。

「說得也是。」李晨贊同。

鄧梓仲點頭表示明白，女生慌忙地去找地方掩護，何守聰與鄧梓仲走上泥梯頂，關雄在大圓石平台對著大海不停用污言詛咒，何守聰窺視關雄，見他扮著鬼臉，咧嘴傻笑向下看望懸崖，何守聰向鄧梓仲打了個手勢，鄧梓仲手握木棍，鼓足勇氣一步步踏上山岡，二人走到大圓石附近時，關雄仍然著魔地對著大海喃喃自語，鄧梓仲舉起木棍叫道：

「關雄！」

關雄轉過臉來看見鄧梓仲，旋即目露凶光，口吐髒言，舉起被綑綁的雙手打向鄧梓仲，鄧立即跳開向山下跑，關雄追著踢他，何守聰趁機跑到他的後面，關雄追逐鄧梓仲到黃泥梯頂時，一個不小心失了重心跌倒，何守聰趕忙跑過來將營繩套在關雄的腰間，繞了幾圈將繩索綁緊，在他的背後打了個死結，使得他的雙手不能活動，二人將他抬下黃泥梯，董敏和李晨看見關雄被捉拿，舒了一大口氣，關雄仍不停地說髒話，面容扭曲，暴躁地對何守聰重複叫嚷：

「低能白痴仔，白痴低能仔……。」

「何守聰，他在痛罵你，不過我懶得理他，等一會我去找膠紙把他的嘴巴封上，免得再聽到他的粗言穢語，污染市容環境。」

何守聰若有所思，董敏愁容滿臉，鄧梓仲一貫謙和恭順。二人抬關雄回到他的營幕，何守聰找來了一根營繩將關雄繫在營幕的柱子，防止他逃跑，李晨真的找了封貼瓦楞紙箱的膠紙，將關雄的嘴巴黏得貼服，令他不能出聲。

各人回到帳幕下，何與鄧剛才跟關雄博鬥，累得要命躺在地上，二個女生忙著燒開水，鄧梓仲看一看手錶說：

「已經十時了，海水開始退潮了，我們要派人到荔枝窩村報警找幫忙。」

「我去好了。」何守聰一馬當先。

「不行，你還是留在這裡好點，要是關雄又失心瘋抓狂，祇有你能夠保護我們，昨晚你一記右直拳就立刻把關雄打倒在地上，不能反抗，剛才也是你制服他，小鄧瘦蜢蜢[29]不懂拳術，絕不是關雄的對手。」李晨斷言。

「何學長看準目標正面打在關學長的上唇，那是鼻軟骨和硬骨的連接處，神經線密報又靠近皮層，祇要攻擊這處，那種疼痛的感覺令雙腳也打顫，人也容易昏過去。」鄧梓仲詳細解釋，何點頭稱是。

「這樣吧，小鄧到荔枝窩找警察求救，我們在這裡留守，不過三軍未動，糧草先行，我和董敏做飯，讓小鄧吃飽再出發。」

李晨坐言起行，立即張羅賸下的食材，將餘下罐頭、泡麵、麵包、餅乾等弄了一桌大雜會的午餐，餐後董敏泡咖啡，何問：

「剛才你們在山岡上發生了什麼事情？」

「我還沒有喝咖啡呢。咦，抹手紙這樣快就用完？」李晨扯下最後一張，裝模作樣地抹嘴。

「我去倒垃圾。」鄧梓仲機靈地起身。

「我來幫你。咖啡已經泡好了，你們自便。」

29 瘦瘪。

鄧與董收集了這二天的垃圾，拿到村校外的垃圾桶。二人走遠了，何說：

「你可以說吧。」

「我們跟你分首後走上山岡，去到黃泥梯頂時才赫然看見姚美莉也擎著雨傘，坐在那塊伸出在懸崖外的大圓石上看海，她回頭看見我們時也不打招呼，祇是極度鄙視看著董敏，董敏也淩厲地睥睨她，形勢劍拔弩張，十分凶險，我急忙拉著董敏走到上面，遠離姚美莉，二人看不到對方倒也相安無事，董敏身體一直微微發抖沒有作聲，我感到她心中怒火燃燒，我們坐了一會，董敏終於撐不住說要回去。」李晨誇張說辭後，好整以暇斟了咖啡，還添滿何守聰的空杯。

「跟著怎樣？」

「我們走過姚美莉的身旁時，姚美莉倨傲說『真是家學淵源，五世其昌。』」

「什麼？」何驚問。

「『你在說什麼？』董敏怒道。」

「『虧你還是修讀中文，成語也聽不懂，我說你家五代都是娼家妓院，養婊子，做婊子，淫蕩勾男人是你的家教，你是世代承傳的臭婊子。』姚美莉指罵董敏。我嚇得臉青唇白，連忙斥責她『你不要人身攻擊，還侮辱別人的家人。』怎料那個癲婆竟然……」李晨罕見地簌簌落淚。

何遞給她紙巾，冷靜地看著她，讓她哭夠了問：

「她還說了什麼？」李抹去眼淚說：

「她藐視說『關你這隻跟尾狗什麼事？雞薮[30]看門狗。』她一再侮辱我是狗狗。」李晨痛哭，一會兒她哭著說：

「我想姚美莉這二天心裡一定盤算這種歹毒的詛咒，處心積慮找機會傷害董敏和我。董敏的身體不住顫抖，軟弱地頂回去『你家才是五世其娼』。姚美莉叉著腰肢像只茶壺指著董敏的鼻子說『抄襲貓，鸚鵡學舌，你媽媽是娼婦、專勾人家老公的爛婊子，你繼承家業做娼婦，你家的女人都是臭婊子。』，跟著奸笑得像個陰險女巫，扭曲的五官像骷髏惡魔。」

「姚美莉也太陰毒跋扈了。」

「董敏對任何形勢都能夠泰然冷靜，從容以對，唯有這次強忍著哭聲，可是二行清淚不受控制流滿面頰，我也氣壞了拉她走，來到黃泥梯下，還聽到姚美莉那死亡烏鴉般的笑聲。」

「姚美莉在那裡笑？」

「她未曾離開過那塊大圓石，是的，她站立對著我們狂笑，我在黃泥梯上回頭看見她的臉。」

「關雄又怎會出現？」

「我不知道，關雄聽到姚美莉的笑聲跑過來吧，她狂妄的態度刺激他精神錯亂，引發他的瘋

30 薮是走獸的聚處，雞薮指娼家妓院。

癲症，動了殺機，不要忘記昨晚他掐緊姚美莉的頸項，矢志不移要殺死她，關雄認定姚美莉是殺死劉厚強和張銳的兇手。」李晨的情緒比較平伏。

「關雄是什麼時候來到？」

「我們來到山腳海邊，董敏哭訴她的肚子痛得要命要去方便，我想是剛才受到的委屈，動了氣引發了她常有的女生病，我叫她到山坡的矮樹叢裡解決，過了好一會，我看見關雄奔向這邊來，小鄧追不上他，用樹枝擲在他的腳踝將他絆倒，接著跑上前壓在他的身上企圖制服他，二人在地上糾纏滾動，關雄用蠻力將小鄧推倒撞在山邊，他搞定了小鄧後跑上山岡，小鄧回過神後追上泥梯跟他對峙，關雄面目猙獰、齜牙咧嘴，喘著氣噴發野獸的氣息，目露凶光盯著我們，嚇得我們都愣住不敢輕舉莽動，他轉身跑上去，接著，上面傳來了一聲悽厲的叫聲，小鄧回頭大聲對我說『關學長將姚學長推落懸崖，李學長，快點去找何學長回來。』，我聽到後立即跑到村公所找你，這就是我的經歷。」

「董敏待在矮樹林好一會是多久？」

「我想大約有十五分鐘吧。」

「小鄧在那個位置跟關雄對峙？」

「小鄧站在黃泥梯的一半，大約隔十多級就到黃泥梯頂。」李晨想了一會說。

「關雄呢？」

「當時很混亂，我看得不大清楚，我想在黃泥梯頂吧。」李晨不太肯定。
「那麼你沒有親眼看到關雄推姚美莉落懸崖？」
「怎麼可能！我在山腳下等著，黃泥梯和小鄧擋住了我的視線，看不到山岡上的狀況，但是我聽到那一聲慘叫，的確是姚美莉的聲音。」
「可是現場環境摻雜了大風狂嘯和怒濤聲？」
「我聽得真切，肯定是姚美莉的叫喊聲。」
「是怎麼樣的叫聲？我指音質如何？」
「環境固然是偌大空蕩，但聲音很實在清楚，四面擴散、迴盪的感覺，充滿了整個海邊和山谷。」李晨再次確切回答。
「你聽到幾下叫聲？」
「一下，絕對是一下。」
「董敏在幹嘛？」
「她躲在矮樹叢裡，我跑去找你時，瞥了一眼那裡的矮樹不住地抖動。」
「可能是大風吹得它左右搖晃擺動，董敏沒站起來看個究竟嗎？」
「不是，樹枝是上下跳動，不可能是風吹的，我看見董敏平常穿著那一件黃色風衣掛在樹叢上面，她肯定聽見關雄推姚美莉落懸崖時的慘叫聲，嚇得魂不附體用力攀著樹枝令它上下點動，她才沒有站起來看。」此時董敏和鄧梓仲回來，何與李旋即停止討論，李晨起來倒了一杯咖啡說：

「小鄧，你也喝一杯才動身。」

「謝謝，不了，我不喝咖啡，我已經預備了開水路上喝，時間也差不多，我還是起程好了。」

「路上小心，拜託你了。」何守聰叮囑他。

「你也要好好照顧二位學姊和關學長啊。」

三人送鄧梓仲到海邊去，海面不斷捲起瘋狗浪，近岸潮水退卻，沿著山崖已經裸露一條岩石路，道別後，看著鄧梓仲頂著雨傘、枷著雨衣和小背包沉實地踏上征途，天風海雨未止，各人心口重壓壓，經過關雄的營幕看見他沉睡。

「今早真是多事之秋，累得我半死，我睏得很，好想睡覺。」

「我陪你，我也想休息一下。」董敏喝完最後一口咖啡說。

何守聰正想藉此機會跟董敏確認剛才的事情，聽見此言祇好作罷，自己也不自覺打了個呵欠，脫了鞋和風衣爬進營幕去。

第十七章

何守聰聽到外面乒乒乓乓的聲音，心裡一驚，連忙跑出營幕，看見董敏在洗杯碟廚具，舒了一口氣，董敏看見他說：

「我剛睡醒，看救兵快到，先把東西收拾起來，不用到時才忙亂，你睡得好嗎？」

「還好，這幾天以來這一覺睡得最甜，一躺下立即睡著，完全無夢。咦，原來睡了三個多小時，我去看看關雄，順便給他水和食物。」何守聰看一下手錶說，瞥見杯子碟子沖洗過。

何在食物箱裡找了餅乾，倒了一杯水拿到關雄的營幕，打開簾幕，發覺營幕裡空無一人，回頭對董敏說：

「關雄不見了！你有沒有見過他？」

「沒有哇！怎麼會不見了？我待在這裡一會兒也沒見過他。」

「營幕是安然無損，想必是他把繩結解開跑掉了，可是，為什麼他要偷走？」

「他殺了人，他有病，張銳也說過他有病，他患的是精神病，他的藥都埋在泥石流裡，沒藥吃發神經，跑上山岡把同樣是殺人兇手姚美莉推下懸崖，替劉厚強和張銳報仇，他很清楚知道自己的罪行，怕被捉拿審判受法律制裁，趕快逃離這裡，找地方匿藏。」李晨爬出營幕憤怒地叫道。

「那很危險啊，我們三個要留在一起，不要分開。」董敏異常擔心。

「我們不知道他得是什麼病，不要這麼快下結論，他不是發神經，他的眼睛很清醒，他重複告訴我一件事情。」

「你不要婆婆媽媽，他是神經病，他受到姚美莉那恐怖的笑聲刺激，跑上山岡殺死她，他重複告訴你那一件事情，就是羞辱你是低能白痴仔。」

「姚美莉的笑聲能夠傳到去村校那麼遠嗎？」何沉著臉說。

「這裡是野外，空曠得很，笑聲能夠傳得很遠，你當時不在場，沒聽到姚美莉笑得如何討厭，肆無忌憚像西洋地獄三頭惡犬狂吠的魔音。」李晨決意跟他針鋒相對。

「好了，我們不要吵嘴，先要找到關雄。」何毅然斬斷爭執。

「往那裡找他？」

「根據我的判斷，他唯一的選擇是鎖羅盤廢村前往烏쮦騰的山路。」

「那麼走吧。」

李晨鬧彆扭身先士卒，董敏走在中間，何守聰殿後，他們走入廢村的小路，密林遮天蔽日，風颼颼，雨離離，氛圍森羅使人心裡發毛，李晨逞強領前，穿過頹垣敗瓦，略過分岔路，走到廢村盡頭，前往烏郊騰的小徑依舊被頑強的草木占領，未見有人強行闖過去的痕跡，各人在其他地方搜索。

「祠堂那裡卡著我們的營繩。」董敏指著門口說。

「門框貼著那張封住他嘴巴的膠紙。」李晨心急地走入被何拉著說：

「不要亂進，上面的橫樑瓦頂已經腐朽，隨時掉下來。」

李晨不敢造次，三人在門外向內窺視，看見屋頂前面沒有了，橫樑、瓦片都掉在地上，樑柱壓著關雄，另一端營繩仍然綑綁著他，全身濕透佈滿瓦礫，滿頭血污，側身向右而臥，兩手合掌，手肘微曲，雙膝屈著，鞋底朝天，三人審視沒有危險走進去。李晨叫道：

「天呀！他怎會跑到這裡來？」何守聰小心打開他的眼瞼看，輕輕摸了摸他左側的大動脈說：

「他的眼角膜模糊不清，瞳孔放大，沒有脈搏了。」

「他死了？怎麼會又死一個？跟鎖羅盤猛鬼村的傳說一模一樣，死在祠堂裡，他被惡鬼上身索命。」李晨驚恐的說。

「我猜他來到這裡看見前往烏郊騰的小徑被亂草雜樹攔住，跑到這裡找工具，利用門框撕下封著嘴巴的膠紙，營繩被卡著心急擺脫，用力過猛震動了搖搖欲墜的屋頂，走避不及，被塌來的橫樑瓦礫砸死。」董敏冷靜分析。

「如果關雄得到自由，第一件事是要解除綁在身上的營繩，怎麼會跑到祠堂？還有，橫樑要是掉下來，他仍有足夠時間逃到屋外？怎麼他的身體向著裡面呢？」何守聰撥開關雄頭上的碎片，看了一會指著後腦勺繼續說：

「他頭頂有好幾處傷痕，最嚴重是後腦勺這一處。」

「哎呀，流了許多血，像個血饅頭，是連環襲擊。」李晨吃了一驚。

「這就說明橫樑比較重先掉下來，打中關雄倒地，引發瓦片隨後連續跌落擊中腦袋，後腦勺受傷較重。」

「你怎麼好像在現場看見一樣？」李晨脫口而出。

「別胡說，我觀察屍體的狀況和橫樑、瓦片的位置推想的。」董敏瞪了李晨一眼不高興的說。

「不要移動屍體和撥亂周圍環境，我去取相機拍照。」

「我們也跟你一起回去。」李晨拉著董敏就走。

三人急步走出廢村，李晨瞄到遠處一輛水警輪船駛過來，李晨叫嚷：

「我們在這裡。」

她左跑去岬角碼頭，董敏舒了一口氣站在原地，何守聰快步右跑回營地，三人分道揚鑣。

李晨在碼頭迎接水警輪船，鄧梓仲仍然一臉恭謹平和杵在船旁，李晨向他熱切招手，他漠然揮手回應，水警輪順利停泊碼頭，一名身穿筆挺警服的歐吉桑率先走下水警船，後面跟著一大堆警員和男女，歐吉桑形容平凡、稀髮微胖、目光銳利，舉手投足充滿威嚴，用伯父式的和藹對李晨問：

「這位同學，我是陳警司，負責這幾起命案的指揮官，你要堅強起來不要太傷心，其他同學在那裡？」

何守聰跟著二個警員上了小島，複述發現劉厚強屍體的經過，警員仔細看完拍照後，其中一個看來十分火爆的年青警員粗魯地問：

「這裡很乾淨，你們是否收起證物？」

「我們收集了一些證物放在塑料袋。」

「你們知不知道不能亂動現場物件？」

「如果我們不收起證物，在這樣風雨交加的天氣會將證物銷毀。」何反駁。

「你們要交還所有物件給警方，還有，你們移動過屍體，這會破壞證物和現場環境，阻住[31]我們破案。」

「我不管你們怎樣想，我不想我的朋友裸露身體曝屍荒野。」何氣沖沖走回營地，抬眼看見山岡上李晨三人協助警員調查，走到帳篷想點著石化爐燒開水沖泡咖啡，被駐守的警員阻止說：

「不要亂動物件，這裡所有東西都是證物。你也口渴吧。」從警方的物料箱取出一支蒸餾水

31 阻礙。

給他，何守聰謝過後拿著支裝水走到海邊。

「嗨，何守聰，好久不見，你難得動氣，剛才我的同事惹怒了你。」一把沉厚的男低音在他後面說。

「是你的同事不近人情。賀耀輝，剛才人多，不好相認，你年前畢業後加入警隊工作時間顛倒，與你甚少見面，想不到在這種情況遇見你，現在你是……？」轉身對一個高大的男子說。

「我是見習督察，剛好派駐到北區警署的重案組，今次真是死得人多，一口氣死了四個人。」

「這次死的全都是『探索幽浮及神秘異域學會』的會員，你這個前會長始料不及吧。」

「你怎樣看這幾起連環殺人事件？」

「鎖羅盤村二邊出口都被泥石流封死，前面是海，後面是山，是一個地理密室，那個隔離的小島更是密室中的密室。」

「推理小說的密室殺人竟然給我們碰上了。」

「推理小說的兇手都是參與活動的人。這幾天颱風吹襲，沒有其他人如大陸偷渡者來到這裡，排除了陌生的第三者殺人。」

「你說兇手就在你們這群人當中？據鄧梓仲的證詞說其中二個死者姚美莉和關雄是兇手。」

「他這樣說嗎？」

「不，他祇是轉述李晨的想法，要是你懷疑，那麼誰是兇手？。」

「據稱的說話不能作為證辭，我想你要收集我們的證供，配合證物證據才能推理，這是你們的工作。」

「表面看來是四角男女關係，動機為情殺。」

「是六角男女關係，還要加上張銳和李晨。」

「你未到絕對肯定後仍守口如瓶，這是你學理科的思維，正如你聽到同學間的感情煩惱，質疑如何證明愛情的存在？無色無味無形無體，看不見，摸不到。情愛祇可以意會，不可以言傳呢。」

「像禪？我念科學，不是詩人。」

「其實不祇四起命案，是五起，前幾天在吉澳島也死了一個人叫黃忠，是你們離開當日發現的。」賀耀輝兜回話題。

「黃忠？名字很熟啊，……呀，就是三天前在吉澳島接風那個小胖子，跟劉、關、張從小到大的要好朋友。」

「哪真是巧合。」

「不，不會是巧合，那起命案是他殺還是……？」

「賀督察，陳警司有事找你。」一個年青的警員氣吁吁跑來對他說。

賀耀輝向何守聰做了個手勢後跟那個警員走開，留下何守聰望著遠方天邊那一片被怪風扭曲變形的雨海，毫不容情鞭打吉澳島。

警方經過初步搜證後，邀請何守聰等人到吉澳島提供詳盡的證辭，各人祇可攜帶隨身衣服物品，其餘營地物件會列作證物，待警方確認無關後發還，何守聰的照相機和收集的證物也給沒收了，劉、關、張和姚美莉四人的遺體稍後會有專船運往在沙頭角禁區，再轉到北區醫院殮房進行驗屍。

水警船在風雨飄搖中向吉澳島推進，從鎖羅盤村到吉澳島的直線距離很短，約半個小時的船程，何守聰等人擠在一個小小局促的船艙裡，不時傳來陣陣嗆鼻的汽油味，嘈吵的機械聲令人心煩意亂，四人各懷心事，董敏忍不住拉了李晨出去船邊吹風淋雨，鄧梓仲仍是面無表情的謙和，何守聰閉目養神。

第十八章

水警船如落葉顛簸地盪進吉澳島鐮刀狀的小港灣，狂風颼颼，海水滔滔，飛雨如劍，刺傷各人的心，水警船在浪濤中掙扎，幾番嘗試才能泊妥在碼頭，岸上颱風蹂躪，滿目瘡痍，塑料和竹枝的旗桿拗彎折斷，七零八落，曾經燦爛的花牌吹得遍體鱗傷，賸下骸骨般的支架，一副劫後餘生的光景，眾人走過大街，家家關門閉戶，村公所半掩門扉，經過滿地狼藉像廢墟的天后宮廣場，來到吉澳水警總部，警員跟他們採錄證詞。

四人給完證詞後接近晚上七時，疲憊不堪，街渡船停航，島上沒有旅館供他們住宿，警方跟村民代表商議後，安排四人在村公所度宿一宵，情商『益民茶樓』預備晚餐，他們放下行李來到茶樓，還是坐在上次的位置，李晨見了嗚咽：

「桃花依舊，人面全非，恍如隔世。」

「我跟姚美莉鬥氣的情景，仍記憶猶新。」董敏嘆道。

「最可恨的是姚美莉和關雄。」

「董敏，今早當小鄧在追關雄到山岡去，你在做什麼？」

「怎麼啦？你還要當偵探？」董敏擺出一副受傷防衛的架式。

「我明白你當時受了委曲，我想釐清事情的狀況。」

「我跟李晨下了泥梯，肚子很痛，李晨叫我走到山邊的樹叢裡方便，我走進去不久聽到有人打架的聲音，後來小鄧告訴我他跟關雄扭打，之後我又聽到姚美莉的慘叫，也不知發生什麼事情，心中著實驚慌，祇好繼續躲在樹叢裡，不一會聽到小鄧大聲叫李晨去找你，過了很久沒有動靜才敢走出來，看見小鄧拿著一根樹枝守衛，我跟小鄧商量後，覺得站在山岡下看不到關雄，隨時有風險被關雄突襲，非常危險，於是退回營地石級，遠距離監視山岡上的關雄直到你們回來，這些都是我給警方的證辭。」董敏氣說。

「你聽見慘叫聲沒有好奇心嗎？」

「沒有，我怕得要命。」

「小鄧，你是如何發現關雄跑出來？」

「我在燒開水泡可可，聽見從山岡那邊傳來一陣陣怪笑聲，看見姚學長站在圓石上狂笑，跟著關學長從他的營幕跑出來，目露凶光往山岡上看，接著他狂奔上山岡去，之後的事情李學長已告訴你。」

「你從營地看見姚美莉時是怎樣？」

「從營地到山岡的圓石平台距離較遠，我看得不大清楚，我想她是側身向著海站在上面。」

「你親眼見到關雄推姚美莉下懸崖？」

「我走上泥梯頂，聽到一聲慘叫，關學長站在大圓石上，沒有看見姚學長，他引頸探頭向下望著懸崖，回頭對著我邪惡地嘿笑，我打了個寒顫，人聲告訴李學長關學長推了姚學長落懸崖，叫她去找你，我跑下泥梯，關學長獨個兒留在山岡上直至你們回來。」

「你肯定關雄站在大圓石？沒看見姚美莉？」

「我十分肯定。」

「是的，李晨也說她們離開時姚美莉仍站在那塊大圓石上。你確定關雄將姚美莉推下懸崖囉？」何守聰盯著鄧梓仲問。

「山岡的圓石上祇有關學長一人，如果不是他推姚學長落懸崖，除非姚學長跳下去自殺囉。」

「我在山岡上沒有看見董學長。」

「董敏在那裡？」

「我就是說關雄推姚美莉落懸崖，是姚美莉殺死劉厚強和張銳，你還想知道些什麼？何守聰，你這個冷血無情的傢伙，我們的朋友都慘死了，我被這些命案搞到快要抑鬱生癌了，你是否要將我們逼瘋為止？」李晨嘶吼後哭了出來。何守聰愕然，望著淚眼的她，凝眉無語。

「我們回去村公所？」董敏連忙掃著她的背脊安慰她。

「嗯。」李晨含噎回答。

董敏倒也冷靜，神情漠然堅強，扶著一把鼻涕一把眼淚的李晨離去。

「之後怎樣？」

「我跑下山時，董學長剛從山坡下的樹叢裡走出來。」

「她的神色如何？」

「神色慌張。商量過後我們趕忙跑回營地找木棍自衛，之後我們在營地石梯監視在山岡的關學長，等著你們回來。」鄧梓仲想了想說。

「神色慌張？」

何守聰沒有再問下去，默默吃過晚飯，鄧梓仲向店家要了幾個塑料盒，將飯菜裝成便當帶給她們。

風聲蕭瑟如泣如訴，二人走過幽靜昏暗的窄巷，步伐沉重回到村公所，那是一座二層樓高的平房，進門後左邊是上一樓的樓梯，地下的牆上掛著幾副寫著恭維字句的牌匾，中央擺放了一張開會的長桌、摺椅、幾只文件櫃外，還放滿了獅頭、鑼鼓、竹簍等雜物，擠得沒有半點空間，樓上稍好，放了頂上嵌著小兵器的旗桿、木箱，竹梯子，勉強放得下村民為他們預備的墊褥，上面放著寢具等物，李晨的情緒稍為平伏，神情鬱結挨著牆壁小口地吃晚餐，董敏陪她無言悶坐，鄧梓仲說去洗澡走到樓下去，何守聰走到面向後街的窗子，窗子沒有窗櫺，斜對面過幾間屋是他們第一天住宿的劉宅，何看著對面闇黑的樓房沉思，被後面有人跟董敏和李晨打招呼聲驚覺了他，接著來人叫他道：

「嗨，何守聰。」

「賀耀輝，你來了。」

「我們出去走走。」何與賀下樓走到大街，賀提醒他：

「發生命案，你們睡前記得鎖門，村公所平時是門戶常開。」

「島上都是自家人。」

街上漆黑一片，賀耀輝開著電筒照明，二人往碼頭方向走，走了一會右轉到村公所後面那條小巷，經過劉宅，來到了村公所對著的樓房，賀說：

「這是黃忠命案的案發現場。」

「是他殺還是意外？」

「我們上去視察現場環境。」

賀抬起警方塑料封鎖條，推開被撞破的屋門走上一樓，去到面對著村公所的小房間，賀開著燈說：

「這是發現黃忠屍體的房間，他和衣仰臥面對著窗子睡覺，喉嚨被利器刺破窒息而死，當時地下的大門鎖上，房間所有的趟窗都關上，找不到凶器，還有，房間的空調機仍在運轉。」

「一共有二把，是他伯娘保管，前幾天黃忠回來要了一把，案發後在他褲袋裡找到了，他伯娘十分肯定沒有人從她那裡拿走另外一把鑰匙。」

「那麼鑰匙呢？」

「那麼他伯娘呢？」

「他伯娘七十多歲，是個老實村婦，前二年跌傷了腿，至今仍然行動不便，已排除她是嫌疑人。」

「誰發現屍體？」

「是黃忠的伯娘和表弟，他表弟早一日約了黃忠當天品茗，等了很久也不見他，走到他樓下叫他也沒有回應，跑到村公所一樓看他，發覺他睡死了動也不動，感到蹊蹺，尋著他伯娘，用備份鑰匙打不開屋門，發覺裡面拴上了栓子，找了幾個村民把門撞開，上樓發現黃忠的咽喉被刺破死了，頸子凝著一道血污，血洞很大，好像旋了幾個圈。」

「當時是什麼時間？」

「十點多了。」

「那時我們剛巧離開搭船到荔枝窩，我記得有一個年青人向我們將手圈成喇叭狀對我們說話，我們的船在上風位，他在下風位，聽不清楚他的說話，祇聽到他說『忠…，破，…室』。那麼他的表弟有沒有嫌疑？」

「他的表弟移民到加拿大，沒見他表哥也有好幾年，『安龍大醮』離鄉人回來慶祝，他找表哥聚舊。」

「黃忠的死亡時間？」

「法醫說遺體出現屍斑，黃忠死去有四小時，房間空調機在運轉，死亡時間延至六到七小時，從十時多發現屍體計算，死亡時間是清晨四時至早上七時，島上村民起得早，有村民在五時半起來沒有見到有人在小巷走動，死亡時間縮短為清晨四時至五點半時這個時段。」

「殺人動機呢？黃忠死後，他的財產留給誰？」

「你認為有人為財殺人？他是個剛踏入社會的年青人，沒積聚多少財產，最值錢就是他老爸留下這座黃宅，可是房子位於這偏僻小島，叫不起價錢，他的兄弟眾多，賣了也分不了多少錢。」

「他有沒有跟什麼人結怨？」

「這裡是個獨處一隅的封閉小島，民風淳樸，這幾年沒有聽過村民間有大糾紛。政府頒布了即捕即解的命令，大陸人偷渡到香港也不能領取香港身分證，偷渡客也絕跡了。祇有黃忠與關雄在初中時曾經大打出手，雙方臉青鼻腫，送到警局，警誡後釋放。」

「原因呢？」

「很奇怪二人三緘其口，祇透露了爭風吃醋，那女孩是中學同學，都事過境遷多年，關雄會否仍然妒忌殺人？不過二人已死，無可對證。」

「那麼外人呢？」

「所有遊客在早一天黃昏前搭乘最後一班街渡回馬料水。要說外人，當晚逗留在這裡祇得你們幾人、戲班演員和工作人員，戲班的人證實那天他們從晚上到清晨五時一直在演戲沒有人落單，你們幾個人從當晚上到離開那一刻是集體行動，彼此是其他人不在場的證人，除非你們是共犯。還有，房子的窗櫺完整無缺，沒有破損的痕跡。」

「你難保沒有其他人潛藏在這裡？沒有搭乘街渡回馬料水？」

「你們留宿當晚是『安龍大醮』最後一晚，第二天不是周日或公眾假期，加上颱風，根本沒有新的遊客到來，假設潛藏那人殺了黃忠，他沒有機會混進遊客裡，第二天除了你們沒有陌生人離去，再後二天打風沒有街渡行駛，若有陌生人仍留在村內必定被村民發現。」

「沒找到嫌疑人，殺人動機未明。」何守聰神情嚴肅想了一會說。

「案件正在調查中。」賀打官腔。

「當晚他們四人鬧到半夜，黃忠獨自離去，走幾步回到自己家裡，關上門還不忘拴上橫栓和開著空調機，整幢房子祇有他一個人。」

「酒醉三分醒。他性格樂觀隨和，前途平穩，已排除自殺，房間也沒有尖銳的物件如雨傘、刀子，也排除了意外身亡。」

「他的死狀有沒有痛苦的表情？」

「沒有。」

「當時黃忠是酒醉不省人事，兇手快速戮破他的喉嚨，他連掙扎的時間也沒有即被殺死，那凶器一定是又尖又鋒利。」

「可是，沒找到凶器，兇手也沒留下指紋或其他痕跡。」

何守聰走到窗子，不甚費勁地推拉了幾下那幾扇趟窗，搖了窗檔，十分牢固，把趟窗關上回復案發時的狀態，仔細看了一下，檢查了房裡各樣物件，發覺窗邊的牀靠比窗框略高，油漆剝落得很利害，有些部位磨損，何朝床尾的角度望出去，村公所熄了燈，屋外一片漆黑，何守聰伸了一個懶腰說：

「這裡的趟窗沒裝上鎖頭。明天幾點有船回馬料水？」

「颱風已遠離香港，天文台預測今晚將會取消所有風球，不過還要等那邊的街渡開過來，你們才能離開，大概是下午二時左右。」

「今晚你睡在那裡？」

「今晚會在警署的宿舍過一晚，明天一大清早回沙頭角，不能送你們。幾日後是他們的頭七，你會不會來？」

「會，我有幾個疑團未能解決。」

「你有頭緒？你要協助警方。」何守聰模稜兩可。

「我們到時再談，走吧。」賀耀輝看了他一眼說。

二人走到碼頭聊了一會，在村公所門前道別，賀耀輝亮著電筒潛入無邊的闇黑，何守聰關緊村公所大門拴上木栓，走上一樓，董敏和李晨睡在一張靠牆近窗的雙人大牀墊，另外有二張小的在樓梯旁邊排成單行，何守聰輕輕從背包取盥洗用品時，鄧梓仲反過身小聲問：

「發生了什麼事？看見你們二個在對面樓房到處摸碰比劃，神色凝重。」

「又死了一個人，是劉、關、張的朋友。」

「是不是那個小胖子？莫非他被謀殺？」鄧梓仲想了一下說。

「為什麼會這樣想？」

「要不然你們不會特地走到對面調查。他是怎樣死的？」

「咽喉被刺破而死，屋子鎖上，栓子拴緊，窗櫺無損。」

「那豈不就是密室殺人嗎？」

「正是。」

第十九章

鄧梓仲躺下很快睡著，何守聰腦袋停不了，整晚聽到董敏那邊有人輾轉反側，要到三更半夜才停止。

第二天各人起牀較晚，收起牀墊寢具，輪流盥洗上廁所，揹著背包走到『益民茶樓』已十時多，村民看見他們停止議論紛紛，盯著他們，何守聰等人也不理會，靜靜吃過早餐後踱步到碼頭去，經過幾天刮風的日子，天氣意外地好了一點，微風緩緩，老幼咸集，村民看見他們交頭接耳，小孩子亮著眼睛好奇地看著他們，何守聰沒心情搭理，轉了一個方向，缺乏焦點看著遠方蒼翠山巒，煙霧裊繞封印鎖羅盤村，何守聰慢慢將目光移看三個同伴沉思。

街渡船遲了到達，上船後李晨拉著董敏跑到船尾，刻意避開何守聰。何守聰和鄧梓仲坐在半開放的船艙，何說：

「警方取走了很多東西證物，幸好我還留下一些。」

「是什麼東西？」

「不過是菸蒂，照片之類。」
「你的推論是什麼？誰殺了誰？」
「那麼你的？」
「我們沒有親耳聽到關雄的證詞，但是關雄已給了證辭。」
「洗耳恭聽。」
「先說劉厚強之死，當晚他跟董敏走上了小島，張銳看著關雄上小島後離開到池塘洗澡碰見了我，我先他離去，在營地前遇上你。可是早就有第三個人先關雄走上小島，躲在竹林裡，關雄起初並未意識到有人先他走上小島，之後他離去，第二天他在泥石流遇險昏厥，清醒後細想，發覺蛛絲馬跡有第三個人先他走上小島，推論是董敏或第三個人殺死了劉厚強，要不然當關雄怎會知道張銳死訊後，跑到村公所時凶巴巴、紅著眼瞪著董敏和姚美莉，一副要殺人的樣子。」
「唔，你所指的第三個人是姚美莉？」
「第三個人當然是姚美莉，除非是你。李晨在村口跟張銳和關雄分首後前往山岡，張銳守在石屎橋山邊祇看見關雄走上小島，張銳在九時後離去，當時開始漲潮剛到石頭踏步，姚美莉已經躲在竹林裡，故此第三個人絕不是李晨，董敏或姚美莉祇要走到劉厚強前面，左手摟著他接吻，右手握著樹枝，等劉厚強不留神，就打在他的頭上，將他打死。」
「你指凶器就是樹枝？可是她們能夠在漆黑的環境怎樣瞄準目標打在劉厚強的額頭？」

「有什麼不可能？她們並不祇打了他一下，是狠下殺手打了好幾下。」

「她們如何逃離小島？那時潮水已將小島圍堵成密室。」

「當關雄離開後，姚美莉或董敏殺死劉厚強，脫掉他的鞋子和牛仔褲前後祇需要二、三分鐘，假設董敏或姚美莉離開時大約是九時十分，水道的潮水仍未漲滿，她們仍然能勉強踏著石塊涉水而過，我推理小島命案並非密室殺人。」

「那麼劉厚強後腦的小傷口呢？」

「那是劉厚強被殺向後跌倒在地上弄傷的。」

「董敏為什要殺死劉厚強？」

「姚美莉為什麼要殺死劉厚強？」

「恨他花心，欺騙了她的感情。」

「她偷聽到劉厚強與董敏的對話，例如劉厚強許下永遠祇愛董敏一個的誓言，當天下午姚美莉與劉厚強在溪邊胡混把身體交給他，劉厚強對她花言巧語，山盟海誓，她感到受辱，怒火中燒，忍不住跑出來將他殺死，這是臨時起意的殺機。」

「那麼她們為什麼要脫掉劉厚強的褲子？為什麼不推他下海毀屍滅跡？」

「她們脫掉劉厚強的褲子原因有二，一是洩忿受騙，二是要嫁禍給對方，曾經與劉厚強做愛。」

「為什麼皮帶不見了？」

「是洶湧的海水把它由牛仔褲拉扯出來，沖出大海或沉到海底去。董敏或者姚美莉是兇手，這就是關雄未說出來的證辭。」

「李晨說在九時三十五分從山岡看到小島那邊有光亂閃，然後不見了，又有什麼合理的解釋？」

「李晨沒有說小島有光亂閃，是說對面有光亂閃，我想她看見我或者張銳拿著電筒從池塘跑回營地的閃光，當我們轉了方向，她就看不見了，故此在九時三十五分之前兇手已經離開了小島。」

「可是董敏或姚美莉為什麼要殺死張銳？」

「張銳是意外死亡，並不是被謀殺，他中了一個天然陷阱，上次我們討論張銳獨自來到村公所一定有目的，結論是掘地尋寶，他挖開泥土也打開了死亡契機。我之後到過村公所，發覺挖開的表面是一層薄薄的三合土，下面是腐爛的植物，再下面是一些有機物質。我們剛來到時，經過村公所裡面總是飄盪著一股臭蛋味，那是硫化氫的味道，我推測村公所從前是一片沼澤，附近的小溪運送山上枯枝敗葉和沼澤原生植物堆積形成陸地，附近有豬場遺留下來的基座建築，村民肯定曾經在此地養豬，養牛耕田，將豬牛的糞便堆放在那裡，之後村民在上面起村公所，把下面牢牢困著為一個密封的環境，有機物腐敗分解成沼氣，沼氣卻被村公所壓住沒法釋出，張銳挖開泥土，開啟了地獄之門，張銳吸入沼氣的二氧化碳中毒窒息而死。」

「我檢查了張銳的屍體，發覺他的運動鞋底被燒熔了少許。」

「我想張銳是一邊抽菸一邊掘地，沼氣由地下滲漏，地洞挖大了引發大量沼氣噴出，燃點的香菸引發了小火，張銳吃了一驚，退後倒坐在地上，運動鞋對正火舌燒熔了。」

「為什麼他會死在門外？」

「張銳想要逃離村公所，但他在燒烤時喝了啤酒，酒醉加上中沼氣毒已深，迷迷糊糊走了幾步，不支倒地，剛巧一半身體在門外一半在屋內。」

「張銳的手背有被燒過的印痕。」

「是怎麼樣的印痕。」

「是圓形的。」

「是右手？」

「那是他的左手。」

「他右手掘地，左手按地，忽地有烈火攻出，火燒左手的手背，印痕就此形成。」

「你解釋得頭頭是道，可以媲美金田一耕助。你可有看到關雄的遺體？」何問得飄忽，鄧梓仲聽得傻眼，定一下神答道：

「我沒能看到，警方攔起塑料封鎖條不許旁人進入。他是怎樣死去的？」

「看上去關雄是意外跌倒，觸動了屋頂風雨飄搖的橫樑瓦片掉下來，砸中後腦勺而死。可是關雄的遺體有些特別。」

「有什麼奇怪的地方令你起疑？」

「他側臥的姿勢很怪異，可惜我的照相機給警方沒收了，要不然把照片沖印出來你看就明白。」

「是嘛？我也很期待看得到。」何留意到鄧梓仲的言辭有變，打了一個呵欠後合上眼睛說：

「我有點累要歇息一會，等會見。」鄧梓仲一臉納悶。

第二十章

回到大學，各自忙碌，李晨仍刻意躲開何守聰，『探索幽浮及神秘異域學會』少了幾名會員，沒有舉行聚會，名存實亡。

隔二天何守聰來到校務處找張秀媚，約她到大學食堂午膳，張以學校職員身份加入探索學會，為名譽顧問，公認的毒舌小張，她喜歡臨時起意參加聚會，飄忽不定，大家叫她幽靈會員。

何守聰早到一點，買了一杯熱咖啡，找了一個靠窗隱蔽的角落坐下，正當午飯時段，學生如潮水擠進食堂，不一會，長臉瘦削的小張走進來四處張望，何站起來向她招手，小張走近，何對她說：

「你要幾號餐，我去買。」

「一號餐吧，梅菜扣肉飯加冰奶茶。」小張瞟了他一眼說。

「好的。」

過了約十多分鐘，何守聰端著二個托盤回來，他點了奶油粟米斑塊飯，小張連忙起身接過午餐，二人邊吃邊談。

「無事不登三寶殿，你有什麼事情求我？」

「真是冰雪聰明的美女，我想麻煩你查看幾個人的履歷。」

「不要油腔滑調吃我豆腐，我已經是名花有主，不會上鈎。是劉、關、張、姚美莉和董敏？有關鎖羅盤連環命案？」

「果真是名不虛傳的閒話謠言收發站，什麼也給你猜中，李晨告訴你？」

「你不要向我打聽李晨，她仍惱著你，你倆在冷戰？事情鬧得這麼大，怎會不知道？電視報導是大學生，原來事情果然跟你們有關，報紙不是說情殺和自殺嗎？我也知道董敏和姚美莉同時纏繞劉厚強，二女爭夫，想不到張鋭也狂戀董敏，弄至兄弟鬩牆，事情是否這樣？」何守聰露出奇怪疑惑的表情，敷衍了事回答：

「也沒什麼，祇想確認一些事情，還有鄧梓仲。」

「好啦，我也不追問你，你平白長得一副好模樣，卻是個沒趣的人。」

「我長得怎樣與案件無關。」何順口接話。

「無可救藥。為什麼要查鄧梓仲？不查李晨？」張噓了一聲問。

「李晨嘛，她不是殺人的料子。」

「我可不是這樣認為，女人決心報復的力量可不能看輕。」

「我不是女人，我不知道。」

「李晨不去看俊俏的劉厚強，卻經常纏住風趣毛髫髫[32]的張銳鬥嘴玩樂，有意無意之間跟他肢體接觸，她單戀張銳，又不敢表白，可是，張銳卻看上了董敏，眼睛每每跟著她打轉，男人對你愛理不理，要來何用，姚美莉喜歡挑逗男生為樂，他們幾個人玩多角戀愛遊戲，在鎖羅盤村爭風呷醋，情海翻波，妒嫉驟變，一個不小心搞出人命，說不定二個男生被不同女生殺死呢。」

「你的想像力真豐富，應該去編寫電視肥皂劇，寫那些『發生這些事大家也不想，緣份這碼子事情不可以強求，是你的就是你，吉人自有天相。是啊，你餓不餓，我煮個麵給你吃。』這等在每個電視劇也出現的老土對白。」

「呸，閉上你的烏鴉嘴。」何守聰硬接訓斥不再接話。

「要不然你在懷疑董敏？我看呀，董敏這個人平時像個冰美人不多說話，城府甚深，肚腸彎曲，不知她心想什麼？對著男生一開口就沒由來地嗲聲嗲氣，眼睛水汪汪，含情脈脈，不著痕跡觸摸男生的肩膀、碰手指，煙視媚行，隨時要勾人的樣子，幸好賀耀輝目不斜視，對別的女人沒有興趣。如果說姚美莉是邪教魔女，她就是蛇蠍妖姬，兩姝相鬥，必有一死，董敏會因妒成恨殺人也不出奇，可是她和鄧梓仲會有什麼交集？你懷疑鄧梓仲是共犯？那個菜鳥小子純樸憨厚，對

32 毛茸茸，全身多毛。

著我們女生說話也結結巴巴，容易面紅耳赤，真是人心隔肚皮，人不可以貌相，知人口面不知心，咦，莫非董敏灌了鄧梓仲迷湯？色迷心竅，渾渾噩噩，甘心受她擺佈差遣，替她殺人。」小張滔滔不絕說。

「我可沒說什麼，全都是你自編自導，自說自話。」

「我才懶得跟你糾纏。那麼陰沈寡言，樸克臉的關雄呢？他又扮演什麼角色？殺人兇手？畏罪自殺？報章寫得隱晦說他是同性戀，為什麼這些年我竟然看不出來？真人不露相，他單戀還是熱戀劉厚強？得不到他動手殺死他？恨他始亂終棄？這班人居然在鎖羅盤村上演《六國大封相》[33]。」

「這些八卦事情你去問警方，問記者，不要問我。」

「你不是喜歡做《角落裡的老人》嗎？你真的很可惡，難怪三個女生都沒有看上你，我找到後告訴你。這頓飯多少錢？」小張氣憤地拿出紙巾抹過嘴巴說。

「這頓飯我請客。」

「謝謝囉，就當顧問費好了，福爾摩斯大偵探，咦，為什麼沒有叫你的華生一起來，他有課？」小張繼續揶揄他。

[33] 粵劇，內容寫戰國七雄的戰爭，意指械鬥廝殺血案。

「不用謝，八卦百科全書。」

過二天何守聰接到賀耀輝的電話說劉等人的喪禮在二日後舉行，何說到時會出席及邀約賀相見。之後接到小張的電話約他第二天七點半在食堂早餐，何想到小張是九時上班，一定是有很多情報要吹噓。

何守聰準時恭候，小張走過來先購買早餐，捧著托盤一屁股坐在何對面的椅子，開懷大嚼，何等她飽餐後問：

「有什麼消息？」

「你說呢？」

「不要賣弄了，別用一個問題回答一個問題。」

「說話這樣直接了當，真的沒有你的辦法。劉、關、張是吉澳島的原住民，一起長大，在吉澳小學念書，沙頭角官立中學就讀，升上中六後，各自散到不同學校，但是一同搬離吉澳租住上水村屋，碰巧一起考進大學直到今天，他們情同手足，有如『三國演義』的桃園三結義。」

「嗯。」

「姚美莉家住九龍塘。」

「是有錢人。」

「姚美莉從幼稚園到中七都是念同一所女子名校，未能考進香港最高學府，就是她在這間大學的入學試成績也並不十分出色，據聞她有一個親戚是大學的校董，憑裙帶關係擠進大學。」

「啊，朝裡有人好做官。」

「董敏的背景比較複雜，她十歲從廣州移居到香港。」

「那是十三、四年前事情。」

「是的，她的童年是在大陸度過，正是文革高峰期，必定當過娃娃紅衛兵。一個農民說他養的豬那個屁股像紅太陽，被紅衛兵告發，坐了十年牢獄。」

「紅太陽？但是她的經歷跟案件未必有連繫。」

「我是說她的心態，仇恨、鬥爭、整死人的變態扭曲思想烙刻在她的腦袋。」

「未經證實，這樣說法未免武斷了。」

「大陸連小學生、市井之徒、村野鄉民都被中共國的無神論洗腦，不信鬼神有報應，很容易想歪想邪，毫無顧忌膽大妄為。有神說是培養基本的善惡道德觀念，祇要沒有做壞事就不用怕，俗話說『平生不作虧心事，半夜敲門也不驚。』」張撇嘴不屑說，何無語，張接著：

「董敏插班在荃灣官立小學念了三年，憑著小學升中試的好成績入讀香港島的『英華女學』，中學會考成績不俗在母校升讀預科，念預科第一年時以自修生的名義考進了這間大學。」

「真可惜，那間名校差不多是直升到『香港大學』的階梯。」

「我猜她是為了省錢才選擇這間大學，她跟嫲嫲住在荃灣福來村的公屋。」張神氣活現說。

「她的父母離了婚？」

「不是啦，她的大學入學家庭狀況資料寫著父母已歿。」

「那麼鄧梓仲呢？」

「小鄧是以交換生身份到來大學，他的履歷從中學開始，學業成績最初表現平平，後來不知開了什麼竅，成績突飛猛進，英國教育文憑試A-levels考獲2A1B的佳績，隨便能夠進入英國名牌大學的物理系，未知是否獲得本大學的獎學金，選擇來香港念書？」

「二人都是高材生。英國多間大學的全球排名比本校高許多，出路也較優勝，什麼原因令鄧梓仲選擇來香港呢？」

「那可要問他本人咯，我也想不通？可能那份獎學金很吸引吧。」

「還有，你說小鄧沒有中學以前的資料。」

「沒有耶，他好像忽然間冒出來。」何守聰摸著下巴深思。

「單看履歷，他們的背景風馬牛不相及，以前沒有共通點，也沒有交匯點，直至來到大學才認識。」

「唔，表面看確實這樣。」

「還有我順便也查了李晨。」

「你果真非浪得虛名，超八卦。」

「李晨來自一個中產家庭，從小到大事事順境，是溫室裡的一朵小花，怎麼啦？你喜歡她？不捨得她是兇手？」小張不理會他自言自語。

「你很雞婆。」

「你今天才認識我嗎？」

「祇有賀耀輝才能消受你，吱喳婆。」

「查到什麼結果，記得通知我。」

第二十一章

這天何守聰蹺了課，踏上街渡船去吉澳島，佇立船頭迎風遙望遠山，疑似昨天的景物，晴空蒼蒼，秋水茫茫，往事歷歷在目，慽慽神傷。

何特地早點來到吉澳，跟賀耀輝相約會面還有一個多小時，他走到大街左拐去高地頂，看了一下錶後毫不猶豫上山，卯足勁急步走上山，走過羊腸小徑往高地頂進發，抵達標高柱時用了四十分鐘，當日清晨他們緩步上山用了一個多小時，他在山頂來回走動觀察，看一下手錶祇賸下二十多分鐘，飛快走下像把弓的山徑，回到大街時已經遲到，看見賀耀輝在碼頭百無聊賴等候。

二人打過招呼後，賀耀輝帶著何守聰來到天后宮前的空地，喪家利用戲棚臨時搭建一個靈堂供人拜祭，一列四口棺材放在祭堂前，觸目驚心，何送上奠儀，三鞠躬行過禮，坐在一旁，看著神情肅穆，面容哀傷的人們，厚重的棺材放著朋友的遺體，祇覺死生契闊，從此永別。

何坐了一會，賀向他打了眼色，二人到靈前鞠躬離去。賀帶著何回到村裡，繞過土地公廟，沿著山路上雞公嶺，走了二十多分鐘到山頂，腳下是桂橋谷，山上疾風勁草，渺無人煙。

「你親身經歷那幾起命案，知道的跟警方一樣多，手上證據也不少，你還想知道些什麼？」

賀耀輝一派悠閒。

「警方配備精良，擁有專業團隊幫助，我單獨一人調查力量有限，我想知道劉厚強的死因？」

「驗屍報告指出劉的內臟沒有損傷，身體背後有一條像被雞毛撣子打過的痕跡，額頭和鼻子都有傷痕，後頸近脊骨之處有一個小傷口，後腦的頭髮裡有竹子纖維，這也不出奇，他陳屍在竹子上，但那並不是劉致死的原因，他的腦袋曾經受到襲擊，估計正面受到硬物敲打，才會做成額頭和鼻子受傷，兇手是熟人，他才沒有防範。」

「那麼凶器呢？」

「竹子硬直，祇能打一個位置，樹枝形狀扭曲及柔軟，可同時擊中額頭和鼻子。」

「他的腦袋是否亂作一團？是否猝死？」

賀不置可否地微笑，何繼續說：

「我曾經細心檢驗劉厚強的遺體，發覺後頸那一個小傷口恰巧在第一節椎骨接口，那是頭頸部位其中一個主要穴位。」

「你好像很熟悉。」

「家母是中醫師，她在文革時逃難到香港，現重操故業。」

「家學淵源，祇有你才懂得這些。你還有什麼懷疑的地方？」賀一副討論天方夜談的口吻，何祇好放棄繼續問：

「他死前有沒有性行為？」

「法醫在他的性器官檢測到一些人體細胞組織，輸精管沒有發現殘留的精液，泥土樣本也沒有精液。」

「有人體細胞因他當日下午曾與姚美莉廝混，但是他沒有射精嘛。」何皺著眉頭說。

「沒有射精也可以有性行為，要不然他怎會裸著下身？」

「兇手傳達了訊息，一個非常強烈的訊息。」

「什麼訊息？」

「是恨意。董敏、關雄和姚美莉也對劉厚強心懷怨懟，當理智鎖不住強烈的恨意時，瞬間就會進化成殺意將劉厚強殺死，可是，恨得這樣畸形要脫掉死人的褲子公開羞辱他？是變態，頂多隔著褲子踹他幾腳。」

「嗯，真的被你說中了，法醫指劉厚強的性器官有幾處瘀血，證實凶手曾經狠狠踹了他的性器官。」

「這樣推論兇手和劉厚強曾經有性關係，才會對劉的性器官恨之入骨。」

「嫌疑人包括姚美莉、董敏、關雄和李晨，李晨也有殺人的動機。」

「為什麼有這樣的推斷？」

「李晨對劉厚強愛恨交織，況且她有足夠時間殺人。」

「愛恨交織？李晨可沒有對劉厚強表現這種情緒，我衹察覺到李晨在等張銳，等著他追求，張銳明知她在等他，仍然讓她等下去。」

「人心難測，尤其是女人，女人是天生的撒謊者，女人不說謊是缺乏想像力及同情心。」

「你最懂女人吔！」

「李晨說跟張銳和關雄在村口分首後，獨自走上村校那邊的山岡聽浪，這是她的證詞。問題來了，三人分首的時間是八時三十分，李晨衹要用約七、八分鐘跑到分岔口，再用五分鐘跑到瀉湖另一邊堤岸的水閘口，跳過對面，就能早關雄先上小島躲在竹叢裡，張銳在小解沒能看到她。關雄上了小島偷聽後離去，之後推理有第三個人先躲在小島上，他懷疑第三個人是姚美莉，才會在隔晚誓要掐死姚美莉為劉厚強和張銳報仇，第二天再接再厲推她落懸崖殺死她。」

「不要被表面狀況矇騙，真相往往出人意表。」

「對啊，第三個人可能是李晨。我們先弄清楚各人離開小島的先後次序，第一個離開是關雄，第二個離開是董敏或李晨，這樣會出現三種可能性，第一是董敏離開後，李晨殺死劉厚強，第二是李晨先離開，董敏殺死劉厚強，案發第二天被李晨發覺，替董敏保密，第三是董敏和李晨是共犯，二人一起殺死劉厚強。但是第一種可能性最紮實。」

「你的推理呢？」

「李晨用樹枝正面打死劉厚強，這是她提出的凶器，再掉進水裡銷毀它，她在潮水淹沒大石踏道之前逃離小島，時間是九時後不久，她跑回營地在山邊等候，看著你跑回營地，才從容不迫跟著你後面，讓你做她的證人，她說在山岡大圓石看見對面小島有閃光是假證供，擾亂警方調查的方向，你推理兇手在九時三十五分才離開小島密室，跑回營地要十五分鐘，過程順利也要九時五十分才回到營地，但所有人都在九時四十八分鐘或之前回到營地，你的推理並不成立。」

「李晨是體形嬌小的女生，當晚正刮狂風，驚濤拍岸，她能否在如此險象環生的境況和膽量跳過水閘口嗎？要是換了你這樣的壯男我倒是百分百相信。」

「不要抬槓，李晨祇要找了木板搭起一條橋便能走過水閘口，過橋抽板，推落大海毀滅證據，警方在海面找到一些木板。」

「當時我們也看到飄浮的木板。但是董敏在小島一定看見李晨，你們對她們問出什麼結果沒有？」

「這是警方的事情，董敏和李晨可能是共犯。」

「張銳的死因如何？」何瞟了賀一眼問。

「法醫解剖張銳的屍體，發現張銳的肺部殘留甲烷、一氧化碳、二氧化碳和硫化氫等混合氣體，可是份量不足以致命。村公所下面混有大量腐敗的植物和豬屎牛糞，後來村民在上面建築村公所封印它，漸漸形成沼氣，張銳挖開地下，釋放沼氣，他吸入沼氣昏倒，村公所不是密閉空間，而且刮風下雨，沼氣容易擴散飄走，張銳祇是輕度中毒，他的胃部檢測到酒精，情況是半醉階段，但沒有安眠藥，張銳的眼白和肺部有針孔的血點，這是窒息死亡的證據，不是中沼氣毒缺氧而死，兇手用方法悶死他。」

「輕度中沼氣毒會惡心，引致不省人事昏迷，之後任何人也能夠殺死他，可是，為什麼張銳的屍體上半身會伸出在門外？」

「張銳中沼氣及酒醉，但祇是暈眩仍能勉力離開走去門口，最後不支跌倒，後來兇手來到用東西悶死他。如果董敏的說辭是真的，有人拋紙條給她引她到現場，這個嫁禍給她的人祇有姚美莉或李晨；如果董敏說謊，董敏就是殺死張銳的兇手。」

「為什麼董敏、姚美莉、或者李晨要殺死張銳？」

「張銳推論她們其中一人是殺死劉厚強的兇手，暗示她們他知道了真相，要脅她們順從他，她們假意應允，晚上跟蹤張銳到村公所，發覺他昏倒殺人滅口。」

「張銳最重要的任務是尋找寶藏，不是捉拿兇手。還有張銳發現了什麼重要的線索？要是你們找到了，就馬上拘捕疑犯囉，還在這裡磨蹭幹嘛？」

「我們在現場撿到的證物發現了董敏的手帕，在小徑找到一角董敏所說的字條。」

「那能證明些什麼？手帕和一角字條可能是案發後凶手故佈疑陣留在現場和小徑途中，二個空啤酒罐也是兇手刻意安排，作用是誤導警方，你們找到悶死張銳的凶器沒有？」

「無可奉告。」

「那麼關雄吃的是什麼藥總可以說吧？」

「關雄所服食的藥物是多巴胺拮抗劑。」

「不要那麼專業，那種藥是治療什麼病？」

「你未必聽過疾病的名稱，關雄患的是『妥瑞氏症』，是一種精神病，成因是在兒童發育期對大腦基底核多巴胺的異常反應，病發時牽引慢性半不自主動作及聲語抽動，最常引發的動作抽動是不斷眨眼、眼球快速轉動、扭曲眼瞼、擤鼻、嘴角抽搐歪嘴、聳肩、甚至做出淫穢動作，發聲的抽動包括清喉嚨、大叫、咳嗽、重複自己和別人的說話，更不堪是口吐髒話。」

「這種疾病能否治癒？」

「三到四成的妥瑞氏症患者到青年時抽動症狀會自動消失，三成會顯著減少，其餘到成年後仍保有抽動的病徵，尤其是遇到壓力、精神緊張和疲憊的狀況，抽動的頻率會增多，強度會加大，是病情變得嚴重的徵兆，要經常吃藥調控。」

「關雄屬於後者咯。這種精神病會否導致智力退化？失掉心性？」

「不會，倒是病者間歇地不自主的抽動會影響正常生活，旁人看見為之側目，以為碰到精神錯亂的病人，避之則吉。」

「哪是說關雄病發時身體東倒西歪，胡言亂語，心裡卻是十分明白。」

「冰果，對了。」

「什麼人會知道關雄有這種病？」何自言自語。

「跟他十分熟悉的人，譬如自小認識的朋友如張銳，我認識關雄好幾年，平時接觸見他是正常人一個，也不知道他有這種奇病。」

「姚美莉的死因怎樣？」

「她被人從那塊大圓石推落懸崖，頭部和身體碰撞了石頭昏倒，流血不止失救而死，屍身俯臥擱在懸崖的大石上，消防員要游繩才能把遺體搬運上來。」

「她身上有什麼傷痕？」

「她的頭、臉和前面身體佈滿傷口，但很奇怪，她的後腦勺也有一處傷口，不知是否跌下懸崖時滾了一下。」

「你好像是胡亂猜測，她身體背後還有其他傷口嗎？」

「她的背部沒有其他傷口。」

「還有一點，你們能否確定案發時那一刻關雄所站的位置嗎？」

「當時的情況是董敏在山下的矮樹叢裡，李晨嚇得在一旁發抖看著關雄跟小鄧打鬥，小鄧的證辭是『他到達泥梯頂時聽到姚美莉慘叫，聲音由懸崖下傳上來，他看見關雄站在大圓石向下看，並沒有親眼看見關雄推姚美莉下去，整個山頭祇有關雄一人。』」

「那麼就祇有鄧梓仲一個人的證辭囉。鄧梓仲跟關雄搏鬥倒地後，追到泥梯中央跟關雄對峙，關雄跑上山岡，鄧梓仲是否起步追他？」

「你沒有問李晨嗎？」

「我約略知道情況，想跟她確認一些細節，她拒絕跟我見面。」何訕訕說。

「一定是你惹毛了她。她的證辭是『我看見關雄由營地那邊跑過來，小鄧追他，跟著小鄧出力用樹枝擲在關雄雙腳將他絆倒，小鄧撲在關雄身上，二人在地上扭打，關雄將小鄧推在黃泥牆後跑上泥梯，小鄧呻吟了一下，立即起身追他，關雄站在泥梯頂，鄧梓仲站在泥梯中央對峙相望，跟著關雄轉身跑，小鄧頃刻才起步跑到泥梯頂，我聽到姚美莉的慘叫聲，聲音佈滿整片大地，小鄧在泥梯頂大聲叫我去找何守聰回來。』」

「『頃刻』是李晨用的形容詞？那是不多久。」

「她愛咬文嚼字。」

「那麼二人差不多時間起步。關雄的死因呢？」何反問。

「關雄是被重物跌下來砸中後腦勺而死，初步懷疑被祠堂掉下來的瓦片及橫樑擊中身亡，死於意外。」

「好端端的橫樑怎會掉下來？」

「也不是好端端，那個祠堂被狂風暴雨蹂躪，破爛不堪，屋頂瓦面搖搖欲墜，關雄跌跌碰碰跑進祠堂撞到了大門或牆壁，連鎖反應引發橫樑掉下來，還有，我們在大門上發現一截膠紙。」

「我們也發現膠紙。為什麼他要跑到祠堂？要是他去烏蛟騰，祇要穿越那一段樹叢阻路的山徑就可以輕鬆上路，我在祠堂看見他側臥地上，雙手合十，身體綑綁壓著另一端繩頭，衣衫不整，像是被什麼東西追趕，來不及解除束縛。」

「可能跑進祠堂避雨，遇到意外。我們在那一帶的泥地發現了許多凌亂的鞋印，比對過後，全都是你們八個人留下的鞋印，並沒有陌生人的痕跡。」

「是的，我們前一天到過那裡參觀時留下的，發現了由鎖羅盤村到烏蛟騰的山徑，關雄才會跑到那裡去？」

「關雄會不會被山豬野狗之類的動物追趕，才跑到祠堂去躲避？」

「如果是那樣，泥地會留下動物的爪痕，關雄身上也沒有野獸咬過的痕跡，他不是被動物追趕。」何說過，凝思不語。

「我們發現一個有趣的線索。」

「是什麼？」何恍惚如夢初醒問。

「你們用過的其中一隻膠杯檢測到微量的安眠藥。」

「誰的杯子？」

「那些膠杯長得一個模樣，又被沖洗過，未能辨識誰用過那一隻杯子。還有，關雄的胃裡也檢測到安眠藥。」

「是嗎。」何守聰揚一揚眉。

「你們幾個人當中，祇有李晨有服食安眠的習慣。可能是當天你們擒拿他後，她讓他喝加了安眠藥的飲料，令他收聲。」

「你對她蠻清楚。」

「好歹她也是我的學妹。」

「你盯梢李晨。」

「如果你問我，我有理由懷疑她。」

「你不中不西的語法很彆扭，語意扭捏。」

「不要岔開話題，你認為誰殺死誰？」

「兇手連環殺人，事後十分冷靜，若無其事，祇會在推理小說發生，現實裡普通人很難抵受殺人後巨大的心理壓力。」

「你在曲線推翻李晨沒有殺人，那麼誰是兇手？」

「你應該比我更清楚。」

「你不是說你自己吧？」
何守聰狠狠瞪了他一眼。

第二十二章

何守聰與賀耀輝在山下的土地廟分首，匆匆走到『益民茶樓』買了飯盒，奔跑到碼頭趕及去荔枝窩的街渡船，船剪水滑行，半小時後抵達目的地，何詢問船家返回馬料水的時間表，跳下船直奔鎖羅盤村。

何加快腳步，一個半小時的旅程縮短在一個小時完成，他汗流浹背爬上熟悉的山隘，遠眺鎖羅盤村全景，小島幾叢竹林在艷陽下翠綠油亮，另一邊的廢村淹沒在鬱綠裡，阻塞山路的泥石流已經清理妥當，何走到那塊懸在半空的大圓石平台，探身下望，懸崖垂直而下，中途嵌著大石堆，當時姚美莉的屍體就是擱置在上面，正值潮漲，淹沒了環繞崖底的岸邊岩石路，何看見小島後面的山體有反光，他用長鏡拍下照片，看了一會步行不長的坡路來到黃泥梯頂，何走下泥梯一邊數，來到泥梯底共三十二級梯級，旁邊的山坡向下傾斜到海邊小徑，有一個缺口通到裡面的矮樹叢，形成了一堵上高下低的三角形土牆，站在黃泥梯底向上望，祇看見梯級、土牆、山坡的矮樹冠和蔚藍天空，絕不能看到山坡和黃泥梯頂上面的狀況。

何走到泥梯中間，停了一瞬間，旋即快跑上黃泥梯頂，摩娑下巴想了一會，搖了搖頭，要跑到黃泥梯頂才能看到山岡上面，他看了手錶，要抓緊時間回程。

他走到鎖羅盤村小學，站在村校旁的草地，當日他們紮營的地方，看望山坡及大圓石，一覽無遺，何拍下照片繼續走向村裡，到達堤岸和入廢村的分岔口，右轉走上堤岸來到截龍口，截龍口寬約一米多，二邊龍口崩塌，裸露許多大小石塊，堤岸二端的距離比截龍口要寬許多，石上長滿藤壺海草等動植物，要是立定跳遠根本不可能跳過去，就是助跑跳過去也十分危險，隨時踩在對面的石塊，一個不小心滑倒刮傷，還會扭拗腳踝掉進海裡遇溺，當時漆黑一片，狂風暴雨，波濤洶湧，他拍下堤岸二邊的照片，又對著小島和竹林拍下許多近鏡、遠鏡、和全景照片。

何繞回原路走去另一邊往小島，去到石屎橋，拍下小島對面山體一片樹林的照片，水道裡的石頭步道潰不成形，何在石上跳來跳去走上小島，那幾叢竹子遠看很茂密，近觀纖巧柔弱錯落，長得很高，有些枯黃的竹子略比人高，晚上可以勉強藏人，何拍下竹林的特寫，小島、二邊堤岸和截龍口的照片。

何守聰折回入村的小路，走到跨過溪澗的石屎橋，在橋上看向小池塘，水壩完全顯現出來，白練化作涓涓細流，何踏上到村公所的小徑，警方在村公所的地下挖了一個洞，裡面全是腐敗的植物和污穢的泥土，隱隱瀰漫一股臭味，何急步走過，接著走上幾級石級來到池塘，波光瀲灩，青荇田田泛在水面，游魚小蝦穿插在蕩漾的金魚草迷宮追逐嬉戲，何無心欣賞，走過水壩到達另一邊長得比人高的蘆葦叢，何撥開蘆葦發現一條小路，奮力跟鋒利如劍的蘆葦博鬥，忽然瞥見一個白色影像，蘆葦叢深處有一團東西，何鑽進刺人的草叢，伸長手臂用指尖勾出那團東西，是塑膠袋揉成一團丟在這裡，何將它打開，發覺是一個超級市場塑膠袋，裡面有一根頭髮，再走幾步，在蘆葦頂發現白色紙團，搆下來攤開看到八張抹手紙，他收起東西，依著小路找到出口，原來連接到鹿頸的山路，走回頭可以返回石屎橋、村公所，這是一條環狀的循迴路線。

何走進廢村小路，他們劈開攔路樹木的痕跡猶在，當日情景如在眼前，林木蔽日，冷風颼颼，淒雨離離，樹聲獵獵，頹垣依舊，何放下沉重的心情專心跑到廢村盡頭，警方已經撤去圍著祠堂的塑料封鎖條，祠堂遍地敗瓦、亂石和木條，何扶著長滿青苔的牆壁走到裡面，來到森然的案前，何朝裡面合十誠心拜了三拜，拿起一根木條走到放滿神主牌的祭台，在瘡痍狼藉的木牌堆裡小心翼翼將最大一個神主牌翻過來，依然使一些神主牌急速滑落掉在地上，砰砰作響，何嚇了一跳，定過神後壯著膽子，亮著電筒上前看清楚，由上而下照射，何守聰在斑駁剝落的神主牌上讀出『曾……門……堂上……歷代祖先神位』。

第二十三章

隔天早上何守聰回到大學找不到鄧梓仲，卻打聽到董敏下午有課，他按著董敏履歷表的地址到她家，她與祖母住在公共廉租屋福來村永樂樓十六樓某單位，何搭乘地下鐵來到荃灣總站，找對了出口，跨過天橋，下一段下斜路，矗立在青山公路旁的大廈就是福來村，樓宇是長條形，外觀好像一層層貨櫃箱疊起來的超大型貨櫃場，每隻貨櫃箱剖開幾百個洞做窗子，這些如宿舍的樓房就住滿千多人，何經過幾座大廈，地下二邊都是商店、食肆，繞了一條小路來到永樂樓，他走進升降機，卻找不到十六樓的按鈕，心中疑惑，想了一下摁下十五樓，來到目的地往左右走了一會，二邊祇有住宅單位，心裡踟躕迷惘，莫非董敏給的是假地址，幸好遇到一個挽著菜籃的矮胖歐巴桑從一個單位走出來，何攔著她問道：

「阿姨，這裡有沒有十六樓？」

「有哇，不過沒有升降機直接到達，要從這裡走到另一邊的盡頭，見一道樓梯爬上去就是，那是唯一的通道。」

「真是稀奇古怪的設計。」

「是啊，十六樓不知怎樣後來才加建上去，十足僭建的天台屋，初次到訪的客人經常弄得團團轉。」

何謝過歐巴桑走上去，來到一條長走廊，二邊是門戶相對的單位，走廊頗暗，一路祇有頂上幾盞微弱的電燈照明，遠處傳來陣陣的喝罵聲，何見到一個苗條的身影佇立，走近後才知是一個徐娘半老的女子隔著關上鐵閘門外面站立，女子輪廓鮮明，脂粉滿臉，黑亮及肩的鬈髮，衣著入時，踩著灰色高跟鞋。

「你這個不要臉的姣婆[34]，跑來做什麼？」一把沙啞老婦的聲音從單位內斥責。

「我來看敏敏。」女子低聲說。

「你自誇你個契家佬[35]祇要能夠同你瞓，短十年命也值得，你這樣寶貝，還會稀罕誰？」

「我看天氣漸冷，打了件毛衣給敏敏，用加士米毛線的高級貨。」

「敏敏不會要你用臭錢買的東西，也不會穿著你對污糟手織的冷衫，你這個賤精還害我們不夠嗎？」

「我想見敏敏。」

34 騷貨。

35 姘頭。

「她不想見你，你再不走，我用掘頭掃把拍你走。」
「我不管你說什麼，我有權見她。」
「你拋夫棄子，貪婪自私，十幾年來你沒養育過她，你沒有資格見她。」
「是你從中作梗，拆散我們，害我不能見她，敏敏始終是我的女兒，我要見她。」
「你這個淫婦，害死了我的兒子還不夠，還要來害我的孫女，敏敏才沒有一個不知廉恥的婊子做阿媽。」
「我不是婊子。」
「你不是婊子還會誰是婊子，你自甘墮落，到夜總會陪酒，先是跪，接著坐，最後睡，我的兒子受不了戴綠帽做烏龜王八才不要你，你這個九尾狐、害人精，臭貨，等天收，賤人！」
女子被罵哭了，掩著臉跑走。
「你這個小白臉賴著不走，還要鬧下去？」老婦突然發難。
何守聰左窺右看，沒有其他人啊，忽然對上了亮晶晶、寒冰似的雙眼，才醒悟指的是他，當場嚇傻了眼，自問平凡普通，衣著樸素，急忙紅著臉結結巴巴分辯說：
「不，我不是⋯⋯。」
老婦眼神凌厲，狠毒地瞪他一眼，粗魯地把門關上。何守聰按著門鈴大聲說：
「我是董敏的同學，特地來還書給她。」

「你還不走，我叫警察來拉你。」老婦在裡面叫道。

何守聰不斷按鈴，老婦充耳不聞，還將電視機的聲浪調得更高蓋過鈴聲，這樣的光景持續了一會兒，老婦拒絕回應，何守聰無奈放棄，走回頭路到樓下，剛踏出門口即聽到。

「先生，你是敏敏的同學嗎？」

何守聰轉身看見剛才那個女子，身穿一襲珠灰色洋裝，嫩綠絲質襯衣，在太陽下映得膚色白皙，眉梢眼角帶著風情，活脫脫一個散發成熟韻味的董敏。

「小姐，你是……？」

「剛才你也全聽到了，猜到我是誰，我姓閔名芳菲，是敏敏的媽媽。」

「閔小姐，你好，我姓何，有何貴幹？」何守聰故作糊塗說。

「何先生，你好。剛才我聽到你是敏敏的同學，有一事相求，我們可否找一處清靜的地方坐下再談？」

「這是我的榮幸。」

何守聰連忙幫她拿著裝了毛衣的紙袋，閔芳菲頷首謝禮，二人走進一間茶餐廳，坐到一處角落，點餐後，閔斜身而坐，姿態優雅蹺著腿，接著從手袋抽出一根纖細的香菸，熟練地點火吸啜，玩特技似的向上吹出一圈紫色的煙霧，冉冉昇到半空消散，她抽菸的側面很妖豔，她嘆了一口氣，驀地她的眼角、嘴角鬆馳垂下，透出一抹滄桑半點風塵，侍者送來飲品，何守聰替她在咖啡加上糖，攪著奶茶等她開口，閔喝過一口咖啡，斜看何一眼，掐熄菸對他說：

「何同學，能否把這件毛衣交給敏敏？」

「我想董敏未必會接受。」閔又再輕嘆。

「要是你告訴我的前因後果，我比較有信心說服董敏。」何壞心眼地說，閔仍是默不作聲。

「哎呀，那個老太婆真毒舌，怎可以用那樣難聽的髒話侮辱人，又不許你見董敏，世間上還有什麼事情比父母子女不能相見相親更淒慘啊？」

「我祇不過追求美好生活，我有什麼錯？我又不是不要敏敏，待我的生活改善後，我立即想要領回敏敏跟她一起生活。」閔芳菲低聲說。

「哪就是你的婆婆不對嘛，刻意分隔你們，未能見面，究竟發生了什麼事情？」何守聰很雞婆地附和。

「我跟我的丈夫離婚。」

「這年頭離婚也是一件輕鬆平常的事情，董敏就是為了這一點小事情惱著媽媽，不肯原諒你，她也太小器吧。是啊，我聽董敏說過你們十幾年前從大陸移居香港，那時你們的生活一定過得很困頓。」

「敏敏連這些糗事也說給你聽，你們十分要好？你是她的男朋友？」

「不是啦，我跟她是談得來的好朋友，無所不談。她曾說過當時你們的環境比較清苦，你也要出外工作維持家計，你捱得很辛苦吧？」何守聰揣度的說。

「我為了這個家拚博，有苦自己知。可是為什麼敏敏總對我擺出一副冷面孔？經常冷言冷語恨我？」

「董敏不是恨你，是怨你吧，怨跟恨有很重大的分別，恨是恩斷義絕，怨是餘情未了啊。」

「你是說敏敏的心仍有我，仍然惦記我？」

「要不然她怎會跟你見面？你把事情說出來，讓我給你分析，找出一個可行的方法令你們二母女冰釋前嫌，也算一場功德。」

閔芳菲嘆了一聲後說：

「十幾年前我們一家四口從大陸到來，人地生疏，一切從頭開始，我前夫在大陸是個音樂教師，可是他的學歷和經驗在香港不受承認，找不到教學的職位，他又不甘心幹一些低三下四的工作，祇能在家裡教人彈鋼琴，掙的錢不足以一家餬口，我下定決心才去當女侍賺錢養家，那祇不過在夜場陪人喝喝酒，跳跳舞，猜猜枚而已，我是賣藝不賣身，並不如那個老虔婆所說得那樣難聽，我們的生活才較寬裕，我也是全心全意為了那個家，可是落得如此下場。」

「你們為什麼會離婚？」

「我攢錢比他多，開始時他沒怎麼樣，後來我嘮叨說了他幾句，我都是為他好嘛，他感到難受，心裡自卑，整天自怨自艾，借酒消愁，後來變本加厲，對我有事沒事找事罵，最初我忍下來，他卻沒完沒了罵個不停，我祇是反駁他，他發了狠勁，賣瘋抓狂對我動手動腳，打女人的男人都不是好男人，我索性跑出去躲著他，他發了飆到處跟人說我嫌貧愛富跟人私奔，我一氣之下衝口而出說要離婚，他下不了台旋即答應，之後辦妥法律程序我跟他正式離了婚，各走各路。」

「哪麼董敏的撫養權呢？」

「我跟他告上法庭爭取敏敏的撫養權，可是法官判我敗訴，使我傷心不已。」

「何解？」

「我也不知道是什麼道理？」

「事情的發展怎樣？聽你婆婆言辭之間說你前夫已經死了。」

「我們分開後，敏敏跟他生活，他對敏敏變得非常冷淡，他恨我，連帶敏敏也恨了，這些事都是敏敏跟我說，哭訴我們二個都不愛她，她是沒人要的飄零女，說得我的心也很痛。」

「約翰連儂[36]也是這樣對待他的兒子。」

「你說什麼？」

「沒什麼。既然當時董敏主動跟你聯繫，表示她仍對你綣戀，渴望你的關愛，為什麼現在又

[36] John Lennon，六十年代風靡一時披頭四樂隊的主音歌手。

對你不理不睬？」

「半年後，我的前夫死了。」

「有了這樣的轉機，你可以名正言順要回董敏囉？」

「當時我已經再婚，外子不高興我接敏敏到夫家一起生活，我真的左右做人難，一方面我尊重我丈夫，一方面我掛念敏敏，衹能偷偷來見她，給她生活費，初時敏敏對我十分熱情，後來那個老不死對她灌輸了錯誤的觀念，說我害死了她的爸爸，將她洗腦，她對我若即若離，時好時壞，最近幾年對我不瞅不睬，給她錢也不肯要，都是那個老妖婦作的孽。」

「啊！原來事情是這樣，我知道了，我答應你找機會開解董敏，把毛衣交給她。」

「還有，敏敏有沒有瘦了？她說在減肥，她的成績怎麼樣？」

「董敏現在很好，很漂亮，成績也很好。」閔芳菲又再問了一些細節的問題，問得何守聰也詞窮閉嘴，最後閔說：

「謝謝你，我把我的電話號碼寫給你，有消息請打電話給我。」何守聰接過紙條問：

「董敏的爸爸是怎樣死的？」

「他……，他自殺死的。他自己要尋死，關我什麼事？可是那老不死妖婦卻誣衊我害死他的兒子，就是這樣，敏敏不肯認我做媽媽。」

二人在茶餐廳門前分首，閔芳菲再三拜托何守聰要把毛衣交給董敏，何滿口答應盡力而為，看著閔踩著幼跟高跟鞋婀娜多姿地離去，又看看那件粉紅色的毛衣，想起董敏的履歷表填上雙親已歿，何為她欷歔。

第二十四章

何守聰接著去到鄧梓仲家裡，一名中年端莊婦人開門，隔著鐵閘問：

「先生，你找誰？」

「太太，你好，我叫何守聰，是鄧梓仲的學長，我找到了一些學術資料想跟他討論，但是這二天在大學找不到他，不知他發生什麼事情，才冒昧跑上來。」中年婦人疑惑地看著他，何守聰連忙從皮夾掏出學生證遞給她看，她看過後說：

「開學至今也沒有同學找過他，電話也沒幾個，你突然親身到訪，覺得有點意外，這年頭世道不好，請不要怪老人家囉唆多疑啊。我是他媽媽，這二天他返鄉下，明天才回來。」

「伯母您好，沒有的事，是我唐突到來，事前應該給他一個電話，我放下資料好了。」

「那麼進來喝杯茶才走吧。」鄧媽媽客氣地邀請。

「謝謝你。」何守聰機不可失爽快地說。

鄧媽媽的神情有點錯愕，仍開門讓他進來，招呼他坐下，走到廚房泡茶，何打量鄧的家，是二房二廳的格局，靠近廚房安了一個神檯，下層供著土地公，上層放了二個小香爐，頂上擺著一只絹製的蝙蝠，鄧媽媽端出二杯茶放在桌上坐下，見何注視蝙蝠說：

「那是鄉里送的，寓意五福臨門。」

「真的很漂亮。伯母是那裡人氏？」

「我是客家人，原藉江西上饒，祖藉河南。」

「我可以走近看嗎？」何指著蝙蝠說。

「當然可以，請隨便。」

何走到神廳前，看了一眼神檯，裡面供著二個不同姓氏的神主牌，何抬頭觀看那只蝙蝠，看了一會坐下說：

「聽小鄧說，你們現居英國。」

「梓仲執意要到這裡上學才回到香港，我拗不過他，特意過來陪他一陣子，順便到鄉下過節，過幾天我就回去。」

「小鄧是取得獎學金才回來念書嘛，這裡是他的故鄉嘛，選擇××大學也是理所當然。」

「一半一半啦，他說香港背靠大陸，八年後一九九七回歸，將來有許多機會，是時候到來建立人脈關係，方便以後發展。」

「小鄧也很有志氣，他想幹什麼？朝那一方面發展？」

「我沒跟他詳細談過，以他的性格，他絕不適合做生意。」

「他長於思考分析，沉默寡言，似學者多一點。是啊，你們什麼時候到英國生活？那年頭飄洋過海，生活挺艱難啊。」

「算起來已經有十個年頭了，當年幸好有許多鄉里幫忙打點一切，他們早年移民到英國，打下根基，那邊餐館缺人手，可憐我們孤寡關照我們過去，一到埗[37]就有工作做，生活不成問題。」鄧母有點訴苦。

「那就是鄧爸爸本事囉。」

「他也是我們村裡的人，十多歲時移民到英國與家人團聚，沒能適應當地生活，整天窩在餐館裡，工作和活動離不開唐人街，我到那邊才跟他認識，他是我的小老闆，年紀相近，他沒有什麼朋友，衹會說客家鄉下話，我跟他同聲同氣，熟絡起來，相識幾個月後結婚。」

「伯母有幾個孩子？」

「連梓仲有四個，二男二女。」

「二個『好』字，是一個幸福的家庭，小鄧是大哥哥咯。」

鄧母不置可否說：

[37] 抵達。

「梓仲是一個悶葫蘆，跟弟妹不甚親近。自從去完露營回來更加沉默，一整天也不說一句話，卻不時露出心滿意足的表情，我也搞不懂發生什麼事情？他是否正在跟女孩子交往？但想想又不像，要是有女朋友，一定會占用電話，或經常往街外跑約會才是嘛。」

「讓我回去打探一下。知子莫若母，小鄧小時候是怎樣的？」

「梓仲很聰明，很遲才學會說話，人比較木納，寧願閉嘴不說話也不跟別人爭執，常給同齡的小孩欺負，幸好大哥哥保護。」

「大哥哥？」

「是啊……，那是村裡年紀較大的孩子。」

「梓仲是個好名字，是誰給他起的？」

「是他爸爸。」

「伯仲叔季，仲是排第二吧，小鄧是他爸爸第二個孩子？」

「這個我可不懂了。對不起，我要上街買菜做飯。」

主人家倏然下逐客令，何感到意外，連忙識相說：

「打擾很久了，伯母，我先告辭。」

「再見，何先生。」

鄧媽媽送走何守聰，挨著門，斗大的眼淚奪眶而出，順著大門滑下，捲曲著身體雙手抱膝，坐在門腳不停飲泣。

第二十五章

何守聽打了一通電話給賀耀輝問：

「小賀，有沒有一個在吉澳島生活多年，熟悉街頭巷尾小道消息的人物？」

「你指是愛嚼舌根，說三道四的百曉生？」

「喔，有這號人物嗎？」

「有一個，她是鎮守天后宮的一個歐巴桑。」

「是否瓊姨？我想找她談談。」

「你找到了什麼線索？」

「沒有啦，祇想了解同學的歷史吧。」

「我跟她說一聲。你什麼時候到來？」

「我明天沒有課，約中午去到。」

「你好像永遠閒著，真的很懷念大學的生活，明天我要到上水工作，欠陪囉。喂，你查到什麼，不要瞞我。」

「知道了，我們各自各精彩。」

第二天何守聰搭街渡到吉澳，抵達後立即爬上山岡到天后宮，直入正殿，見到瓊姨正在打掃，何守聰說：

「瓊姨，您好，我是何守聰，是賀督察叫我找你。」

「您好，賀督察昨天給我說過你會到來。我好像見過你？」

「是的，瓊姨，就在『安龍大醮』那天我們曾到來參觀。」

「是啊，你們是幾個人來的，當中有一個小男生。」

「你認識那個小男生？」

「哦，怎麼會……，我怎麼會認識你們城市的年輕人。你想知道什麼？」

「瓊姨，你什麼時候開始侍奉天后？」

「不是天后，是天后娘娘。天后娘娘很靈，我們村裡的人對天后娘娘都是誠惶誠恐，每個村民都是這樣尊稱祂。」

「對不起，是我小孩子不懂事，冒犯了天后娘娘。」

「這就對了。二十多年前我從大陸走難到香港，當時大陸三反五反，打著三面紅旗的運動方興未艾，鬥人整人如火如荼，我家在廣州做小生意，被扣帽子做吸血鬼的資本家，根本就是共產黨無中生有的稻草人假想敵，迷魂紅衛兵好似鬼上身，高喊解放全世界的人類，到處破壞搗亂殺人，家人被清算武鬥，全都死清光了，我一人逃過大難，共產黨要吞噬仇恨的能量才能生存壯大，是極端邪惡的怪物，他們將人性的醜惡陰暗面發揮得淋漓盡致。」

「你們二代人受共產黨迫害的痛苦最深刻。」

「是啊。」

「這也是共產黨推卸責任慣用的卑鄙手段，所謂『楓橋經驗』的技倆，就是挑撥唆使群眾鬥群眾，掩蓋共產黨的過錯，坐山觀虎鬥，等到二敗俱傷，再以救世主的姿態收拾殘局，證明共產黨是偉大、光明、正確，毛澤東掀動十年文革，人們祇記得紅衛兵的暴戾惡行，罪魁禍首的毛卻屹立不搖，逃過發動禍害、殺人於無形的責任，共產黨是西來的幽靈，和東方的鬼魅融合，蹂躪殘害中華大地和人們，可是，仍然有許多人對共產黨如宗教般膜拜，奉魔鬼做他們神聖的教主。」

瓊姨似懂非懂地點頭說下去：

「我徒步去到深圳，在一個晚上付了金條給蛇頭，跳上一條坐滿三十多人的小艇冒死偷渡到香港，那知船到海中心，遇上解放軍的船隊，他們立即開槍發炮瘋狂掃射，射翻了小艇，殺死許多人，大家各自逃生，我幸好抓住一塊小艇碎片，在茫茫大海中飄浮，得到天后娘娘庇佑順著海流，送我到達天后宮下面的沙灘，那時天剛亮，休息了一會，抬頭看見祂向我招手，引導我到天后宮，見到天后娘娘，那是我和祂前世的緣份，感覺如回到自已家裡，便央求村民讓我侍奉天后娘娘，直到今天。」

「天后宮有多少年歷史？」

「來，看這口鐘，上面刻著『乾隆二十八年』，是一七六三年，這座廟已經二百多年了，當中又經過幾次重建復修，才有今天的規模。」瓊姨嘮叨說了一大堆，何指著牆上那幅壁畫問：

「那是什麼？」

「是包公夜審郭槐，教人做人要正直。」

「那一幅又是什麼？」

「是桃園三結義，教人珍惜朋友之間的友情。」

「這裡也有三個好兄弟，他們都是我的同學。」

「你說阿強、阿雄和阿銳。」

「喔，真的很可惜。」

「我們出去才說，不要在菩薩面前說是非。」

瓊姨在神案前合十向天后娘娘拜了三拜後，出了大門沿著斜路走下廣場，左轉小路來到水月宮的石灘，找了一塊平坦的大石坐下。

「他們三個哥兒小時候是怎樣？」

「想起來就像昨日，我看著他們出生、長大、讀書，還以為會看著他們成家立室，結婚生子，但是一切都轉成空。他們從小到大都在這裡的公立小學念書，十幾年前全校還有百多人，後來他們考小學升中試，到沙頭角讀中學。」

「他們皮不皮？」

「皮，當然皮，他們是男生，精力旺盛，放學後往山裡跑，到海裡游水，經常翻出怪主意來玩。」

「那麼他們愛不愛整人？」

「當時他們讀高年班小六，渾名桃園三小霸，再加上阿忠，四個長得又高又壯，孩子都很怕他們。」

「他們有沒有特別喜歡欺負某個特定的對象？」

「沒有吧？我也不記得了，他們對每一個小孩都欺負。」何守聰問不出所然，反過來問：

「他們有沒有害怕的人？」

「唔，好像有一個。」瓊姨極力搜索後說。

「是什麼的人？是否姓『曾』？」

「年紀老了，記不起，是一個十六、七歲的少年，叫什麼名字呢……？呀，好像叫阿康。」

瓊姨露出蒙昧的表情。

「他們四個的年紀大約十二、三歲，跟阿康差了一截，為什麼他們會招惹阿康呢？莫不是阿康要當老大？」

「聽其他小孩說，他們四個經常作弄阿康的弟弟，阿康的弟弟向他哥哥投訴，阿康狠狠教訓了他們一頓，以後他們見到阿康也遠遠避著他。」

「我怎樣能夠聯絡阿康？」

「永遠也不能了。」

「為什麼？」

「阿康念完中學三年級後移民，三年後剛好是十年大醮，他回來省親。打醮期間，整條村都會茹素，最後一晚他去釣魚，犯了殺戒，被天后娘娘懲罰了，他就是死在石排上，旁邊有魚鈎、魚簍，還有幾尾死魚。」瓊姨指著左邊的石堆說。

「啊，他是怎樣死去的？」

「他的後腦被砸破，喉嚨刺穿而死。村民說是偷渡客殺死阿康，有幾戶村民家裡金錢和衣物被偷，一艘附馬達的小艇不見了，警察事後也抓不到什麼人，之後不了了之。」

「他的弟弟還在村裡嗎？叫什麼名字？我想跟他見面。」

「阿康死後，他弟弟跟他媽媽移民到荷蘭，我忘記了他的名字，這麼多小孩，他的容貌我記不起了，祇依稀記得他是一個沉默不愛說話的小孩。」

「當年他多大？」

「我記不清楚啦，四、五歲吧。」

「案發時阿強他們四人在那裡？」

「我想他們都留在村裡湊熱鬧吧，畢竟十年壓龍大醮是島上一件大事，不過，阿銳好可憐，他在大醮剛開始，患了急性盲腸炎送到上水的醫院做手術，大醮過後才回到村裡。可是，為什麼他也死了？他最討人歡喜。」瓊姨痛惜說。

「這裡有沒有人是當年跟他們認識的？」

「沒有啦，認識他們的年青人趕著移民到別處去。如果沒有什麼事情，我回去看天后娘娘。」

「瓊姨，你也認為大陸偷渡者殺死阿康嗎？」何懇切地問。

瓊姨看了他一眼，靜了半晌沒有回答，吃力地站起來，何守聰連忙扶她一把，站穩後輕嘆說：

「嗯，還有一個女孩子是他們的同學住在這裡，父母是漁民，後來嫁給『益民茶樓』老闆的兒子。你好自為之啊。」

「她叫什麼名字？」

「叫帶娣。」

「謝謝你。」

瓊姨走遠了仍喃喃自語，何守聰隱約聽見『業啊，……業啊。』

何守聰前往『益民茶樓』，時值午飯時間祇得幾個客人，何隨便找了一張空枱，坐下後一個年青陽光膚色的女子過來招呼，何點過餐後問她：

「請問這裡有沒有一個叫帶娣的女生？」

「哎呀，我就是，你怎麼會知道我以前的名字？我現在叫寶玲。」何守聰邀她坐下說：

「是天后宮的瓊姨告訴我的。我叫何守聰，是劉厚強他們大學的同學，有一些事情向你請教，你以前是否他們的小學同學？」

「我跟他們是小四至小六都是同班，小學畢業後，我到魚排幫我父母養魚，他們升讀中學，仍住在島上直至預科上大學才搬離小島。」

「聽說他們在小學時喜愛欺負小孩。」

「小孩子的虐待性很強，他們幾個人形成一個惡霸小集團，有恃無恐，許多小孩都怕了他們，尤其是關雄，患了怪病經常無端端眨眼、歪嘴、手腳亂動說髒話，嚇得小孩子經常尖叫，他對小男生很殘忍，恥笑他們是『低能白痴仔』，這種情況去到他們念初中時仍然持續，他們還學會吸菸喝酒，常在碼頭喝啤酒，叼著菸調戲村裡的女孩子，十分惹人討厭。」

「有一個叫阿康的男生曾經教訓他們，他叫什麼名字？他的弟弟在那裡？」

「他叫曾伯康，不過十年前死了，他弟弟叫曾仲軒，後來移民。」

「移民到那裡？當時多大？」

「英國，他好像念小學三、四年班。」

「你跟曾伯康熟悉嗎？」

「我讀一年級時他讀五年級，他是學校的模範生，每年都當上班長，為人富正義感，好打不平，長得又帥，是我們小女生的偶像大哥哥，後來他爸爸生病死了，他勉強完成了中學三年級輟學移民到英國打工，養活他的幼弟和媽媽。」

「他爸爸幹什麼工作？」

「他爸爸以前是跌打師傅，在沙頭角開醫館，阿軒小時他爸爸經常帶他到醫館學習，還說阿軒有天份能夠繼承衣缽。」

「啊！原來如此。曾伯康因劉厚強他們欺凌他的弟弟教訓了他們一頓，之後情況有所改善，可是，曾伯康離開小島後，曾仲軒驟失保護罩，劉厚強他們會否對曾仲軒懷恨於心，施以報復？」寶玲深思了一會說：

「阿康狠狠打了他們一頓，這是阿康後來告訴我的。要說劉厚強他們有否向阿軒報復？我沒有親眼見到，但我感覺是有的。」

「為什麼會有這種感覺？」

「自從阿康離開後，阿軒變得落落寡歡，有一年夏季他愛穿長袖襯衣，就是大熱天也不肯脫下跑進海裡涼快一下，有一次我送鮮魚到他家裡，發覺他用左手在右上臂搽藥膏，我問他為什麼，他說做飯時被熱湯燙傷，還連忙穿上長袖襯衣不讓我檢視。」

「他的生活也很艱苦啊。」

「他媽媽到外面工作，早出晚歸，阿軒不僅要照顧自己日常起居飲食，小小年紀要預備晚餐給媽媽，我瞥見他的傷口，那燙傷的地方並非一塊紅腫，而是幾個圓孔，我想怎樣才會把熱湯碰到右手的手臂上呢？形成圓形的傷口？」

「嗯。」

「還有一次我上黃幌山採摘車前草及田灌草煲涼茶，下山時我聽到叢林裡傳來一陣陣哭泣聲，我壯著膽走進去看個究竟，看見阿軒蹲著啜泣，褲子褪到小腿，看見我立即驚惶地穿回褲子，辯說憋不出大便，情急之下才哭了出來，還央我不要告訴他媽媽。」

「為什麼不是求你不要告訴別人？而是不要告訴他媽媽？」

「還有為什麼阿軒要跑到荒郊野外大解？我認為是劉厚強他們幹的下流勾當，他們在學校時經常出其不意當眾剝下小男生的褲子，羞辱他們。」

「喔。今年阿軒有沒有回來參加『安龍大醮』？」

「我沒有見到他，就算相遇也不認得，小孩子由少年到成年，每年的模樣也不同。」

「還有一個黃伯呢？他如今在那裡？」

「是不是黃忠的大伯父？」

「我祇知道他在今年『安龍大醮』期間守在村公所大門那個爺爺。」

「是的，那是黃忠的大伯父，他二天前死了。警方在碼頭下面發現他的屍體卡在石屎柱中間，據說他死前喝了許多酒，酒醉後不小心掉進海裡溺斃，大家都說他思念阿忠過度，借酒消愁，一時想不開，投海自盡。」

「怎麼沒有在茶樓見到你？」

「我整天在醮棚裡幫忙燒盤菜，忙不過來。」

「十年前曾伯康命案發生那一晚，你有否見到劉厚強、關雄和黃忠？」

寶玲思索了一會回答：

「當晚是大醮最後一晚，連續三晚通宵演出廣東大戲，全村人都雲集在廣場，開鑼後不久我還在醮棚幫忙，抬頭看見他們由水月宮方向跑過廣場，再竄進村裡，還有，半晌後阿軒挪著腳步，一拐一拐經過。」

「剛才你說他們欺凌別人的行為持續到初中，那麼之後怎樣呢？」

「說也奇怪，自十年前大醮以後，他們收斂了許多，再沒有發生欺凌的事情。」

「當時瓊姨在醮棚嗎？」

「在，她是天后娘娘的信徒。」

「瓊姨有沒有看見他們幾個？」

「我忙著幹活，不知道她有沒有見到。」

終章

何守聰回到大學，打電話給賀耀輝查問十年前曾伯康的命案，之後將自己鎖在宿舍一整天，晚上打了二通電話。

第二天黃昏何守聰在探索會的房間等候，神情肅穆，雙手抱胸靜坐，盯著房門，祇有牆上的時鐘發出滴答聲，時間一分一秒流逝，忽然，敲門聲，開門吱嘎聲，董敏和鄧梓仲一起進來，董敏問：

「我們準時到達，其他人還沒來，李晨、張秀媚呢？」

「沒有其他人，祇有我們三個，坐下再說。」

董敏疑惑地看著他，三人圍著圓枱坐下，形成了一個等邊三角形。

「你在電話說知道誰是兇手、如何下手，我想知道你的推理。」鄧梓仲冷靜問。

「案件牽涉二個兇手，六個死者，順序是黃忠、劉厚強、張銳、姚美莉、關雄和黃伯。」

「二個兇手就是姚美莉和關雄嘛。」董敏重申。

「我發覺事件發生到某一點沒有一致性，分了岔路，表示兇手用詭計誤導，接著回復同一個方向，我反覆推理，確定一件是獨立命案，一個兇手臨時起意殺人；五件關連命案，另一個兇手早有預謀，黃伯的死亡更印證了，秘密就在吉澳島。」

「誰是黃伯？為什麼他也算在裡面？」董敏不解問。

「黃伯是黃忠的大伯父，也是吉澳人，最後的死者，前二日被殺。」

「兇手為什麼要殺他？」鄧梓仲好奇問，何守聰瞟了他一眼說：

「第一個死者是黃忠，他跟劉、關、張關係密切，從小是好朋友，一起讀書，一起欺凌低年班學生。他死在密室裡，兇手用長距離手法將他的喉嚨插破，旋了幾個圈而死，行兇時間是清晨四時半至五時半。」

「兇手怎樣下手？他屋子前門沒有水渠管子能夠攀爬，竹梯子的長度也沒有一樓那麼高。」

「兇手在村公所一樓下手，他利用村公所的竹梯子，村公所和黃宅之間的小巷距離約一米多寬，他在村公所一樓窗子用竹桿撐開對面黃宅的趟窗，將二米多長的梯子伸到對面擱在窗邊，把梯子的腳綁牢在村公所的窗框，打開窗子，俯伏在梯子慢慢爬到對面，將他殺死。」

「可是黃忠對著窗子睡，那張床少說也有二米長，兇手怎樣下手？」

「兇手利用那些鑲嵌著小兵器的旗桿，他挑選鋒利的矛、苗刀做凶器，將旗旌桿子擱在床靠上做支點，故此床靠磨損了，兇手將凶器伸到黃忠的身上，探準他的喉嚨，用力一戳，將他刺死。」

「你的理論有破綻，你說黃忠清晨被殺，可是當時天還未亮，兇手怎樣看清楚黃忠的位置？兇手不會冒險開著燈殺人吧？」

「這點我稍後解釋。接著第二個死者劉厚強，他死在小島上，竹子除了躲藏外，還有三個作用。其一劉厚強不是被人正面襲擊，兇手向後面扳動比人略高的竹子，反彈打在劉厚強的後腦，強勁的力度擊中他撞地昏倒，他的背脊也撣出一道傷痕，額頭撞出一個血洞，鼻子受傷，其二兇手將竹子掰開做竹籤當作凶器，在黑夜裡摸索劉厚強的後頸，按準劉的『啞門穴』插進去直達腦袋把他刺死，頸椎是脊椎的組成部份，脊椎是人體重要的器官，由一組骨絡形成一支管狀，支撐人體直立，神經線貫穿中空的管子，由椎骨之小隙透出控制人體全身的活動，脊椎佈滿穴道，當中受到外力攻擊會致命，『啞門穴』就是俗稱死穴，警方在劉厚強後腦的頭髮裡找到竹子纖維的證據，兇手就這樣將他殺死。」

「你在天花亂墜寫武俠小說？飛花摘葉會殺人。」鄧梓仲輕蔑地說。

「我發現劉厚強後頸的傷口呈不規則形狀，顯然不是刀子或錐子做成的，圓矩形的竹籤卻能做成那樣的傷口，兇手犯案後將竹籤掉進海裡就能湮滅凶器。兇手對人體穴道十分認識。」

「那需要專業的知識啊，兇手怎樣逃離小島？」董敏好奇問。

「當時刮狂風翻大浪，波濤洶湧，滿溢的水道環繞小島將它圍成半密室，劉厚強被殺害前小島上還有三個人，分別是董敏、關雄和第三個人，三人都有殺人的嫌疑。我先解釋兇手如何逃離小島密室，也是竹子第三個作用，兇手利用小島的竹子逃到截龍水閘口另一邊堤岸去。」

「沒有可能，那些竹枝長得很幼小像晾衣竹，不可能承受一個人的體重吧？」董敏叫道，何守聰取出一張竹林照片說：

「一根竹子當然不可能，但是幾根竹子綑綁在一起就有可能。你們還記得劉厚強的牛仔褲在海中飄流，皮帶不見了，看這張照片。」

何守聰再拎出另一張照片，指著樹頂一個環形黑色物體說：

「那條皮帶就懸掛在小島後面山體的一片樹冠上，被樹葉遮蓋著，它處於人們看東西的死角，我們看東西不會特意向上望，祇會依著眼睛水平角度看，警方搜證時天陰下雨看不到皮帶扣的反光，沒有發現皮帶掛在樹冠上，兇手利用劉厚強的皮帶，將幾根竹子圈成一根大竹子足夠承擔兇手的重量，證明兇手體形輕巧，最短的斜線距離是另一邊堤岸的截龍口，鬆開竹子會反彈回到原本的位置，就算折斷了也會被誤會為颱風吹倒，兇手利用這個方法逃離小島，卻沒能收回皮帶，竹子的反彈力將皮帶拋離到後面山體的樹冠上，也證明兇手的褲子沒有繫皮帶，才要利用劉厚強的皮帶。」

「姚美莉穿的是貼身高腰牛仔褲，沒有繫皮帶。」

「你穿的裙褲也不用皮帶。」董敏立即啞口無言。

「你在胡說，當時漆黑一片，兇手怎樣看清楚降落點？」鄧輕慢地批評。

「兇手有秘密武器，殺害黃忠時用過。」

「無稽之談。」

「兇手不選擇對面堤岸，之後兇手要徒手跳過截龍口，這不是兇手所能及，還有，由碼頭要由經由岬角、石屎橋跑回營地最快要十六、七分鐘，兇手在九時三十五分仍然留在小島，這是李晨的證辭，若兇手選擇這條路線，加上彎下竹子渡過對岸的時間，他絕不能在九時四十八分之前到達營地，這樣會引起別人懷疑，兇手降落在另一邊截龍口，祇需十分鐘就能跑回營地。還有兇手脫掉劉厚強的褲子是別有深意，他故意讓他裸露下體，這是兇手的憤怒沖昏了頭腦，傳遞了第一個訊息和線索。」

「那又是什麼秘密？」鄧梓仲感興趣問。

「董敏，你是否知道有人跟著你們上了小島？」

「那時風聲很吵，我不能夠肯定是否有人上了小島。」董敏含糊其辭。

「是嗎？」何守聰定睛看著她說，董敏別過臉不跟他眼神接觸，何侃侃說：

「第三個死者張銳，他是缺氧窒息而死，不是被沼氣毒死，他中了沼氣，中毒不深不足以致命，他的胃也沒有安眠藥，驗屍報告證實的，他昏倒後兇手用一個古老的方法殺死他。」

「什麼古老方法？」董敏脫口問。

「凶器是平凡不過的八張抹手紙和二個塑膠袋，我在小水塘石霸的芒草叢找到。」

「這些東西能殺死張銳？」董敏懷疑問。

「兇手來到村公所時發覺張銳昏倒在地上，立意殺死他，如果他用衣物將他悶死會留下纖維物質，很容易驗出來，他先將抹手紙濕透，一張張蓋在張銳的臉蛋，形成一個密封的面具，在上面加水，為了保險兇手再用二個塑膠袋包裹他的腦袋，這樣悶死他，可是，兇手把張銳的衣服也弄濕了，為了隱瞞這個事實，兇手殺死張銳後拖他到門外，讓大雨淋濕張銳的上半身，企圖隱瞞這個證據。但是，屍體會說話。」

「它說了什麼？」鄧悠然問。

「張銳的鞋底燒熔了少許，他吸入沼氣昏倒，他的香菸燃點了沼氣把他的鞋底燒熔，證明他昏倒時仍然躺在村公所裡面，兇手來到村公所，火焰已熄滅，他不知道鞋底燒熔了的證據，殺死他後，拖他到門外淋雨，張無可能向前走到門口，倒地仰臥，那是不自然的姿勢。」

「之後怎樣？」

「兇手殺人後把邀約的字條拋入董敏的營幕，回到村公所的樹林等候，當董敏發現張銳的屍體尖叫，兇手冒險走過湍急的水壩到對岸，將凶器棄置在蘆葦叢，穿過蘆葦叢回到石屎橋，轉了一個圈等候，不遲不早與其他人一起來到村公所。可是，那二塑膠袋遺下了張銳一根頭髮，還有，兇手算漏了一件事，這個模仿利用濕透抹手紙殺人，在古代是殺人於無形的完美方法，現今卻行不通。」

「為什麼？」鄧梓仲突然問，一會恍然大悟。

「還有張銳的手背有圓孔燙傷的痕跡，那是兇手留下第二個訊息。」

「兇手拋紙條給我，引我去做第一個人發現張銳的屍體嫁禍給我？」董敏茅塞頓開，何守聰跟著說：

「第四個死者姚美莉，當關雄跑上山岡時，姚美莉已經被推下懸崖，關雄一臉惘然，他的怪病『妥瑞氏症』發作，手腳不受控制，頻頻說髒話，不斷對我重複說『低能白痴仔』，他努力告訴我誰是第一個兇手，也就是幾件謀殺案的分岔點，是第二個兇手推姚美莉落懸崖。」

「第一個兇手是姚美莉，第二個兇手是關雄。」董敏再次強調，何守聰不理會她繼續：

「第五個死者關雄，關雄被活捉，雙手被綑綁在腰間不能活動，李晨用打包瓦楞箱膠紙封著他的嘴巴，間接幫助了二個兇手，我們安頓下來喝過咖啡後，眾人沉沉昏睡，後來驗出咖啡杯殘留了安眠藥，有人在咖啡落藥，關雄逃脫，之後被發現死在祠堂裡，死姿怪異，腰間一部份的繩子被掙脫，雙手和腰身仍被綑綁在一起，雙手卻呈現合十的狀態，二腳合攏屈膝側臥，腳背向天，若然將他扶正，他的姿態是對著神主牌跪拜，那座是『曾氏』祠堂，神主牌是供奉曾氏祖先。」

「跟他的死有什麼關係？」

「那是兇手留下第三個訊息。」

「是什麼訊息？」董敏追問。

「第六個死者黄伯，兇手殺害他是黄伯認得他，兇手怕洩露行蹤將他灌醉推他落海溺死。」

「你信口雌黄，全部都是子虛烏有。」鄧梓仲駁斥他。

「我們回到劉厚強被謀殺事件，張銳證實八時三十分在廢村口與李晨分首，看著她獨自走往山岡那邊，李晨體形嬌小，也是嫌疑人物，祇要是她能夠徒手跳過約二米寬的截龍口到另一邊堤岸，她就會早過關雄上小島，可是當時烈風大雨，危險萬分，那個根本是不可能的任務，就算她找到木板搭一條木橋接通截龍口，但是狂濤怒潮會拉扯木板落海，她絕無可能利用這個方法早過關雄跑上小島，張銳大約於八時四十五分留在石屎橋頭直至九時零五分，沒看見李晨折返上小島，卻看見關雄在八時五十分上小島，間接證實第三個人早他許多上了小島，下雨時李晨跑回營地，祇有右邊身淋濕，證明她從山岡跑回來，李晨喜歡張銳，事前也不知道劉厚強是雙性戀，她沒有動機要殺死劉厚強，第三個人絕對不是李晨，她是唯一說真話的證人，最先撇除是兇手。她在九時三十五分從山岡望向小島見到有亮光亂竄，圍著小島的水道已經漲滿，小島密室形成，兇手仍然停留在小島。」

「你在偏幫李晨。」鄧梓仲挑釁他。

「董敏知道有第三個人躲在竹林後面，她也聽到第四個人關雄潛上小島，但關雄卻不知道兇手已經在小島。第一個離開小島是董敏，第二個是關雄，他看著她離開也走了，他知道張銳的死訊立即要掐死姚美莉，用行動證明董敏不是殺死劉厚強的兇手，他們二人都在水道形成小島密室前離開，這是董敏的證辭。董敏回到營地後，心中必定疑惑小島上的第三個或第四個人是否姚美莉？基於女人天性的嫉妒心，董敏一定會按捺不住，走到姚美莉的營幕偷看過，結果你看到姚美莉，故此你的證詞肯定說『我回到營地也沒有看過任何人。』你不說『沒有看到』，但『沒有看過』，是故意陷害姚美莉，拖她落水。」

「給你猜中了。我在小島上聽見竹林沙沙作響，地上有吱嘎聲，那絕不是風聲，是腳步聲，知道有二個人上了小島，躲在竹林後面。至於我的證詞是你想多了會錯意，穿鑿附會。」董敏冷冷地回答。

「是嗎？你是學聲樂，耳朵特別靈敏，聽到很微細的聲音。你偷看的結果是看到姚美莉單獨睡在她的營幕，你懷疑誰人會匿藏在小島監視你們？第二天劉厚強被殺，你懷疑第三個和第四人是關雄和張銳，你知道劉厚強是雙性戀，關雄是同性戀，張銳極有可能是同路人雙性戀，二人因妒成恨發生爭執殺死劉厚強，直到第二天晚上有人假借張銳之名邀約你到村公所，你直覺認為張銳殺死劉厚強，他曾經表示對你傾慕，他愛你才殺死劉厚強，為了知道真相你決定赴約。可是，當你發現張銳被殺，聽到池塘小徑有聲音，賸下的嫌疑人衹有關雄，但是關雄來到時立即抓狂要掐死姚美莉，認為她殺死劉厚強，你憎恨姚美莉羞辱你，絕對不會挺身為她作證，證明姚美莉是清白，你排除了關雄殺死劉厚強，猜到了誰是兇手。」

「你在編故事。」董敏不屑說。

「當晚你怪怪地描述聽到小池塘那邊有山魈厲鬼聲音後，目光如炬盯看每一個人，包括兇手，此時兇手已經也猜到你知道是他殺死劉厚強和張銳，接著，你跟姚美莉爭吵打架，姚美莉辱罵你是婊子，那時你對姚美莉動了殺機。」

「你誣衊我。」董敏失控指罵何守聰。

「當我和鄧梓仲抬著關雄回營地經過你們的身旁時，你突然抱著李晨莫測高深的說『我幫過你，你也要幫我。』你不是對李晨說，你是對著我們說，你還不能確定我們二人誰是兇手，但是你很清楚兇手接收到你的訊息，明白你的要求，你要脅兇手殺死姚美莉，作為交換保守兇手殺人的秘密，但是最後兇手卻變成你沉默的伙伴幫凶。」

董敏默不作聲。

「第三天早上，你跟李晨到山岡散步，在那塊突出懸崖邊的大圓石與姚美莉狹路相逢，姚美莉羞辱你全家養婊子做婊子，你媽媽是婊子，你氣瘋了，你就是要親手殺死她。你跟李晨走下泥梯，佯裝肚子痛走到矮樹叢裡，將石頭放在你黃色風衣口袋裡，掛在樹椏上，令它不停上下點動，裝作你留在樹叢，跟著爬上山岡，走到姚美莉的背後，用石頭砸在她的後腦將她砸昏不能出聲，推她落山崖撞石重傷失救而死。姚美莉屍身的前面滿是傷痕，後腦卻有一處傷口，那塊大圓石是向外突出懸空掛著，姚美莉跌下去時會以拋物線墮下，不可能滾下去，她的身體祇會在落地時撞在石上，做成的傷痕也祇會在前面或者後面的身體，若前面身體傷痕纍纍，不可能後腦也有傷口，由此推斷是你先將她打昏，再推她落山崖。」

董敏面無血色，面目慘淡，神情呆滯。

「第一名兇手，鄧梓仲，你在營地看見董敏推姚美莉落山崖，旋即走到關雄的營幕威脅要殺死他，關雄驚恐，你放走他，任他慌忙逃命，你趕他到黃泥梯去，在泥梯下故意跟關雄扭打糾纏，逼他走上山岡，跑到泥梯中央跟他在黃泥梯頂對峙，接著關雄跑上山岡，你跟著奔走上泥梯頂後大叫『關雄將姚美莉推下懸崖。』董敏也立即配合，用她的唱腔裝成姚美莉跌落懸崖的慘叫聲，這一切都是做給李晨看，矇騙她當關雄跑上山岡時姚美莉仍然生存，令她證實關雄殺死姚美莉，讓她做你們不在現場的證人，跟著鄧梓仲叫李晨去找我，你和董敏已經商量如何殺掉關雄，你二人是殺死關雄的共犯。」

「你在大話西遊。」鄧梓仲冷靜否認，何守聰堅定對著他繼續：

「是你的證詞講了真話，你說董敏從山谷的矮樹叢走出黃泥梯底時，神色慌張；董敏的證辭她聽到慘叫，沒有站起看山岡發生的事情，既然她不知道，又為何會慌張？最多是好奇，董敏的為人理智漠然，處變不驚，她表現神色慌張跟她的性格是牴觸矛盾，她推了姚美莉落懸崖殺死了她，才會驚惶失措，董敏是第二名殺人兇手。」

董敏意識模糊，失去常態。

「我在營地向山岡望過去，一覽無遺。賀耀輝問過李晨你從泥梯中央跑到泥梯頂的情況，李晨說你在黃泥梯停留『頃刻』，再跑上泥梯頂，那是很短的時間，我到那裡做過實驗，由泥梯中間位置跑上泥梯頂約十五梯級，衹要用五、六秒，加上停留在黃泥梯中間的二、三秒，最多是九秒，也是關雄跑到大圓石能夠利用的時間，這是你百密一疏的地方，黃泥梯頂到大圓石的距離約一百多米，而且是上坡路，平地賽跑一百米的飛人最快也要用十秒才能完成，關雄絕不可能用八、九秒跑到大圓石，再推姚美莉落懸崖，你說謊給了偽證。」

「你真能說荒謬的歪理。」鄧梓仲仍然從容不迫。

「還有，關雄不停告訴我『低能白痴仔』，他不是罵我，他是認出了你是誰，關雄的『妥瑞氏症』病發，心智未失，但不能正常說話，衹能胡言亂語，心裡卻清楚明白，張銳死在村公所時關雄已經認出了你，重複叫出『低能白痴仔』，這是他以前嘲笑低班同學用的口頭禪，他知道你才是殺死劉厚強和張銳的兇手，可惜苦於有口難言，你不能放過關雄，你讓我照顧關雄進食，在飲料裡放了李晨的安眠藥，令他沉睡不能逃走，機會來了，董敏就是要殺死姚美莉，你順水推舟使用瞞天過海的方法，將董敏殺死姚美莉的罪行移花接木巧妙地轉移到關雄身上，又將你殺死劉厚強和張銳的罪行嫁禍給姚美莉。」

「是嗎？」鄧梓仲一派豁出去氣定神閒說。

「李晨也無意中幫了你們一把，她用黏貼膠紙封著關雄的嘴巴。我們將關雄綑綁在他的營幕裡，董敏泡咖啡，她偷了李晨的安眠藥溶在咖啡裡，企圖拖李晨落水，我們都喝過咖啡，你起程時李晨送上咖啡，你祇能婉拒說不喜歡喝咖啡，但是在高地頂你給我咖啡，反證你說謊，我們送你出發到荔枝窩後藥力發作昏睡過去，你折回頭恐嚇關雄要殺死他，逼他走到廢村後面通往烏蛟騰的山路去，關雄的嘴巴被封不能呼聲求救，雙手被綁無還擊之力，祇能逃跑，你用石頭在他後腦勺砸了好幾下砸死他，所以他的腦袋像個血饅頭，你扯掉封著他嘴巴的膠紙和綑綁在腰間的繩子，搬他到曾氏祠堂去對著曾氏神主牌下跪謝罪，拉下橫樑瓦片壓在他的頭上，故弄玄虛讓他看來為了解除束縛被橫樑飛墮擊中意外身亡。」

何守聰停下來喝一口水說：

「你不想殺張銳，他罪不至死，但是你非殺他不可。」

「為什麼？」鄧梓仲不自覺地問。

「張銳第一次的證辭說他與李晨、關雄在廢村口分首後，他走到往鹿頸的山腳；你的證辭說在堤岸感受完強風急浪的威力後到池塘洗澡，再直接回到營地。接著我們發現張銳說謊，他第二次的證辭說守在石屎橋山邊看見關雄上了小島，後來他離開到池塘洗澡，當你聽到張銳曾經到池塘洗澡，你發覺這是一個極大的漏洞，你們二人的證辭也沒提到在池塘遇到對方，你還要殺死關雄，若你被發現給假口供你難以自圓其說，你要盡快殺死張銳滅口，晚上你跟蹤張銳到村公所，發覺他中沼氣毒昏迷不醒，藉此機會用濕透抹手紙和塑膠袋將他悶死，倒掉啤酒，留下董敏的手帕做證據，抛紙條給董敏讓她做替死鬼發現張銳的屍體。張銳死後我們在警方的輪船上討論案情，你畫蛇添足說你在池塘曾遇上張銳到來洗澡，這是你欲蓋彌彰的證據，還有。」

「還有什麼？」

「你跟我討論案情的時候，你不斷將我引到歧路去，你的推論互相矛盾，錯漏百出，你是優秀理科生，無可能邏輯混亂，這是你最大的敗筆，令我對你懷疑。」

「你這個卑鄙無恥下流的小人，你見過我奶奶，你見過我媽媽。」董敏突然雙眼通紅，聲色俱厲，歇斯底里辱罵何守聰。

「我不知道你殺死姚美莉的動機是她辱罵你是婊子，還是她將你比作你媽媽，她羞辱了你挑動了你要殺死她的神經。你對你媽媽又愛又恨，她間接害死你爸爸，你懷恨於心，可是你又很愛你媽媽，愛恨交纏折磨你，令你陷於泥沼，這一股恨意化為殺意，促使你殺死姚美莉。你媽媽也很愛你，她托我將她親手織的毛衣交給你。」董敏看了一眼粉紅色的毛衣，慘叫一聲跑了出去。

「你很殘忍。」

「還不及你，殺紅了眼還不罷手。」

「你形容我像殺人狂魔。」

「我曾經到過你家裡探訪，認得那一只綢紗蝙蝠，我在『安龍大醮』巡遊當日在花炮頂上曾經見過它，你媽媽說是鄉里送的，你對中國歷史十分無知，但是對吉澳島的環境和習俗十分熟悉，還有，你在前往吉澳的街渡上就尊稱祂做天后娘娘，祇有吉澳島的居民才有這種習慣，你跟你媽媽都是吉澳的原住民。巡遊那天我見到你跟黃伯在村公所門口拉扯，狀甚親暱，像是舊相識，並不你所說黃伯攔阻你進入村公所，你藉口肚痛遲來，目的是要上村公所一樓視察環境，計劃如何殺死黃忠，當日瓊姨在天后廟也認出你，但沒有說破。你近日曾經回吉澳探親，我在寶玲口中知道黃伯前一日醉酒墮海身故，我推斷是你殺人滅口。」

「誰是寶玲？」

「是帶娣，你哥哥的老朋友。」

「哦，原來是她。」

「她說你爸爸是跌打師傅，你爸爸讚你很有天份能夠繼承衣鉢，你認穴道的本領學自你爸爸，你用竹籤插入劉厚強的『啞門穴』殺死了他，俗稱『死穴』，在第一與第二頸椎棘突之間的凹陷處，一般平常按摩無任何不良影響，但是如有意外的重力，非正常的力道或危險物品刺進該穴位是會致命的。還有你回到村校營地時左邊身全濕了，不是你說跌倒在水窪裡弄濕，你穿的是運動褲也沒有皮帶，你利用劉的皮帶，圈住竹子降落在堤岸後被海浪打濕，證明你就是留在小島上的兇手。」

「我忘記你修讀生物系。你還未破解我的秘密武器。」

「你有一個頭箍，上面裝置強力電筒，亮度夠光又聚焦，我見過你戴在額頭上高地頂，你靠著它看清楚黃忠睡著的位置刺死他，和安全降落截龍口，也是李晨在山岡看到的電筒亮光。」

「那麼高地頂的不在現場證據呢？」

「你別有用心說黃幌山太危險不能上山看日出，將目的地改為高地頂就是要利用那裡的地形，我在那天弔喪前再上高地頂，發現上山的山徑如一把弓臂，山腳起點到山頂標高柱之間的樹叢有一條捷徑如弓弦，它的直線距離祇是弓臂的一半，你跟我們在山徑分開，經捷徑返回村公所一樓，殺死黃忠，跟著你跑捷徑回到山頂的標高柱，把握時間用關雄的『保麗來』即拍即有的照相機拍下日出的景致，將照片打印出來，最早一張照片上面列印了拍攝時間是清晨五時三十五分，我們大約六時才到來，用了一小時多才抵達標高柱，那幾張照片正好給你利用做不在現場的證據。你四時四十分離開我們，跑五分鐘來回村公所，用了約二十鐘殺死黃忠，再用約三十分鐘由村公所經弓弦捷徑爬到標高柱，於五時三十五分拍下朝陽快要出來的照片，證明你用了五十五分鐘或更短的時間跟我們分開，那是一個完美的不在場證據。但是，我們來到時你仍不斷冒汗，面頰旁邊有被硬物刮損的抓痕，袖子也破了，山徑兩旁祇有矮樹，山頂也祇得芒草，為什麼你臉上有傷痕和袖子破了？」

「你看得很仔細，我應該避著不見你。」

「我在你家的神檯看見供了二個神主牌，一個姓曾，一個姓鄧，你媽媽是傳統的客家人，出嫁從夫，斷不會供著娘家的神主牌在夫家的神檯，她還說了你許多的事情，你跟弟妹不親近，我試探她是否有一個大兒子，她勃然變臉趕我離去；我們到鎖羅盤村的旅途上你悼念你哥哥，我推斷你有一個死去的哥哥，這一點跟你媽媽的表現不謀而合；你在鎖羅盤村祠堂的神位拜拜，說是家廟，關雄向神位扔石辱罵，你倆很清楚那是『曾氏祠堂』，才做出反常行為。當我來到吉澳取得瓊姨和寶玲的證詞，我肯定你哥哥是十年前死去的曾伯康，你是他的弟弟，後來你媽媽在英國改嫁給一位姓鄧的同鄉，你改名換姓叫鄧梓仲，你就是曾伯康的弟弟曾仲軒。」

「你調查得清楚，必定知道我童年如何渡過？」

「是的，比得上《孤星血淚》，可是也不用殺人？」

「你能夠體會我所受的肉體和精神痛楚嗎？祇能以血償血。他們用香菸燒我的手臂，一個捉住我的身體，一個拉直我的手臂，就是張銳操刀拿香菸烙我，燒得我皮開肉爛，關雄用髒話羞辱我，黃忠賞我耳光，敲打我頭，他們不是欺凌我，是恣意虐待我，我祇寄望我哥回來替我報仇。」

「你哥哥那一次狠狠打了他們一頓，他們懷恨在心才會等你哥哥移民英國後欺凌你，為什麼你不去告訴老師？」

「他們威脅我說如果我敢告訴任何人，他們一定會殺死我媽媽，我怕失去媽媽。」

「父母是孩子最大的保護，反過來孩子也會保護父母。而且他們對你做了下流不堪的事情。」何守聰沉重的說。

「你推理出來。」

「你留下四個訊息，第一個是劉厚強死時裸露下體，他的性器官被狠踹，寶玲證實他們對小男生猥褻的玩意，她在山邊看見你褪下褲子哭泣。李晨不喜劉厚強；董敏說過女人的身體跟隨她的心走，她並沒喜歡到要跟劉厚強發生關係；劉厚強的輸精管沒有檢測到精液，姚美莉當日沒有跟他劈腿；關雄和劉厚強是同性戀人，張銳是他們好兄弟，疑犯祇有一個，縱使劉厚強已經死去，你還是要公開羞辱他，你對他恨之入骨，你要一報還一報，一切證據都指向一個結論，劉厚強曾經侵犯了你，你的怨恨留下了破案的線索。」

「哥哥去世後，他們升讀中學持續欺負我，有一次脅恃我上黃幌山凌辱，他們四個圍著我輪流虐待我，用點著的香菸裝作要燒我取樂，突然劉厚強用力剝下我的褲子，嘴角浮現淫笑，用手逗樂我的……，說『好小巧精緻的蛋蛋啊』，跟著他除掉褲子，露出他的雞巴，其他人將我反轉身，按在地上，拉開我的四肢做『大』字型，他把我……，接著是關雄，劉厚強還慫恿張銳和黃忠說『是兄弟就一起幹』，我無路可逃，嚎啕大哭哀求他們停止，可是，他們就是不肯停下來，完事後他們一再威脅我要是我敢透露半句，就會當著我先將我媽媽一刀一刀割下她的肉凌遲處死，再姦殺我，我一個小孩聽到這樣的恐嚇能做什麼？我能做什麼？」

「他們在十年前的『安龍大醮』殺死你哥哥，你處心積慮從英國回來找他們報仇，放棄了英國著名大學的學位以交換生來到××大學念書，你知道他們三人都在××大學念書。你留下其餘三個訊息，黃忠的喉嚨被刺破，他用刀刺破你哥哥的喉嚨殺死他，旋了幾個圈，你也要用同樣方法殺死他；張銳的手背被香菸烙過，你要報復他用香菸烙過你的右臂，你祇會穿長袖襯衣隱藏你右臂被烙過的傷痕；關雄的後腦勺被石頭砸破而死，他用石頭砸昏你哥哥未能反抗被殺害，你利用鎖羅盤村幽靈殺人的傳聞做掩飾，將他的雙手合十，對著『曾氏神主牌』跪拜懺悔，是劉厚強、關雄和黃忠他們在十年前合謀殺死你哥哥。」

「十年前哥哥回來慶祝安龍大醮，我很高興，而且他對我說節日過後帶媽媽和我移民英國，心想終於可以脫離苦海，我想到張銳用香菸燒我，突然全身顫抖，哥哥發現我手臂上的烙痕，迫我說出原因，我流著淚忍不住和盤托出他們用香菸燒我，哥哥憤怒極了，約了他們三個晚上到水月宮的石灘理論，還囑咐我不要跟他一起去，但是我想看我哥哥如何教訓他們，我早了許多到了石灘躲在樹叢裡，等了許久，天色漸暗，首先是劉厚強和黃忠到來，他倆低聲交頭接耳，接著哥哥來了，他二人長得高壯了許多，哥哥問他們關雄在那裡，他們說他們二人已經可以對付我哥哥，哥哥斥責他們虐待我，他們回答是又怎樣，跟著三人一言不合打起來，最後是哥哥漸占上風，此時突然有人偷偷拿著石頭在哥哥的後腦砸下去，是關雄在後面偷襲，哥哥被砸昏倒地，黃忠迅速從懷中拿出利刀向哥哥的喉嚨刺去，旋了幾圈，哥哥沒發一聲就被殺死，三人抬哥哥的屍體上石排，將一些爛漁具、死魚放在他身旁，我看了這一幕嚇得不敢作聲，那是真的，他們真的殺死哥哥，我生怕他們發現我，將我和媽媽殺死，祇能一直憋著強忍，等待機會報仇。」

「這跟我推想差不多。」

二人默然相對一會兒，空氣凝滯令人窒息，何守聰放棄地說：

「看在你媽媽份上，你走吧。」

鄧梓仲站起來蹣跚地走到門口，回頭淒苦說：

「學長，我不能原諒他們，他們從來沒有悔意，沒有受到任何懲罰，沒有報應，掛著清白無辜的面孔過著幸福快樂的日子，他們殺死我哥哥，毀掉了我的家，我和媽媽永遠生活在無邊無際的苦海，他們徹底摧毀了我，我的心無時無刻都充滿了仇恨，恨他們殺死我哥哥。你說過中古時代南歐小國那個世世代代殺人報仇的俗例，我也要他們的家人嘗到失去親人那種痛不欲生的苦楚，我是意難平。」

「我知道，像南歐小國。但是你殺了人。」

一日後，一艘開往吉澳島的街渡船快要抵達吉澳時，船上一名男子失足墮海，水警派潛水員在海裡搜索了半天，也找不到屍首。

尾聲

三年後九月。

8964屠城發生後，香港人如驚弓之鳥，人心散渙，找門路移民，港府為了凝聚振奮民心，投資赤鱲角國際機場玫瑰園計劃。

何守聰從加拿大回來到××大學，漫無目的閒晃到大學的『百萬大道』，到處都是年青陌生的面孔，朝氣蓬勃，對未來人生充滿希望，有人熱烈討論8964，更多人不理世情，盡情享受青春的歡愉。他不知不覺走到學生會的壁報板，觀看招募新會員的學會海報，他找了許久，獨是沒有『幽浮和神秘異域探索學會』，不禁感慨無奈。

「不用費神找了，沒有啦，它已經一命嗚呼。」

「李晨，是你，好久不見，仍然亂用成語。」何守聰轉身對著她。

「吉澳一別，暌違三年，探索學會祇賸下我們二個老不死了。」

「還有賀耀輝、張秀媚。」

「賀耀輝升了級是賀督察，跟張秀媚已結婚，小張仍然一樣毒舌，衹有對她的心肝寶貝兒子溫柔熨貼，二人有子萬事足，應付他們的命根子已經忙得不可開交，將『幽浮和神秘異域探索學會』拋到九霄雲外。」

「是啊，我也收到他們的長途電話報喜，緣起緣滅，緣聚緣散，這就是人生。不知董敏現在如何？」

「為什麼不問鄧梓仲？」

「你和從前一樣，愛找別人的語病。」

「三年前有人看見鄧梓仲從探索會的房間走出來後，像一具行屍走肉直走到碼頭，不吃不喝坐了一整天，之後不知所蹤，那天你對他講了什麼？」

「我對他講了什麼沒有直接證據與他失蹤有關。」

「你在表演語言偽術。」

「董敏呢？你還沒有回答我的問題？」

「嗯。」

「董敏瘋癲了。」

「你表現得那是意料中事。」

「你怎知道？」

「董敏突然曠課一個星期，打電話也沒有人接聽，我恐怕她發生意外跑到她家探究。她奶奶開門時嚇了我一大跳，她變了像一枚鹹梅乾、老忢茄，增壽二十年，完全沒有以前霸王雞乸[38]的氣勢，她說董敏有一晚回來後不言不語，給她吃就吃，叫她睡就睡，打她也不知痛，祇是呢喃要媽媽，情況持續不改，她奶奶逼迫得低聲下氣求董敏的媽媽來看她，醫生證實董敏患了嚴重精神病要長期住院。我去探望她，看到一個長得像董敏的中年女子陪她散步，我想是她媽媽，董敏身穿一件手織的粉紅色毛衣，神情像小女孩勾著媽媽的臂彎依戀不已，我跟她打招呼，她茫茫然，一會兒指著我顫慄地說『姚美莉，你還未死嗎？不要過來，不要碰我，不要來找我。』然後躲在她媽媽背後不肯見人，現在她心中祇有媽媽了。」

「你也不認識她媽媽。」

「你問得奇怪，董敏對她的家事諱莫如深。」李晨可疑地看著何守聰，感慨說：

「她現在真的是過著三餐吃飽、有樓有車、平靜幸福、與世無爭的生活。」

「這也是一種結果。」

「好佛系。你在說鄧梓仲和董敏才是兇手，我記得那天在街渡船鄧梓仲出神地看著董敏，她幾時色誘了他？莫非在她與姚美莉打架那時，之後鄧盯著她，令他鬼迷心竅甘心為她賣命，殺了

38 形容橫蠻霸氣，雞乸是母雞。

劉厚強和張銳。」李晨低聲挑戰。

「不要將討論當作結論。」

「回憶當日姚美莉那一聲跌落懸崖的慘叫聲，有點像董敏練嗓子的聲音。」

「為什麼當時你沒有懷疑？」

「我反思回想，當時我惱火著姚美莉，憎恨她三番四次侮辱我是狗狗。何守聰，我的推測是否屬實？」李晨目光炯炯地詰問。

「你想得太多了，想壞腦。是啊，我們幾時去探望賀耀輝和張秀媚？逗樂他們的兒子。」

國家圖書館出版品預行編目

鎖羅盤幽靈 / 顧日凡著. -- 臺北市：獵海人,
2024.02
面； 公分
ISBN 978-626-98128-5-1(平裝)

857.7 113001129

鎖羅盤幽靈

作　　者／顧日凡
出版策劃／獵海人
製作銷售／秀威資訊科技股份有限公司
114 台北市內湖區瑞光路76巷69號2樓
電話：+886-2-2796-3638
傳真：+886-2-2796-1377
網路訂購／秀威書店：https://store.showwe.tw
博客來網路書店：https://www.books.com.tw
三民網路書店：https://www.m.sanmin.com.tw
讀冊生活：https://www.taaze.tw

出版日期／2024年2月
定　　價／360元